Akte X Novels
Die unheimlichen Fälle des FBI ™

Heilige Asche

Garth Nix

AKTE X

DIE UNHEIMLICHEN FÄLLE DES FBI

Heilige Asche

Roman

auf Basis der gleichnamigen Fernsehserie
von Chris Carter, nach einem Drehbuch
von Sara Charno

Aus dem Amerikanischen von
Christian Rendel

vgs

Erstveröffentlichung bei:
HarperTrophy – A Division of HarperCollins Publishers, New York
Titel der amerikanischen Originalausgabe:
The X-Files – The Calusari

Die Deutsche Bibliothek – CIP-Einheitsaufnahme
Akte-X-Novels – die unheimlichen Fälle des FBI. – Köln : vgs
Bd. 1. Heilige Asche : Roman/Garth Nix. Aus dem Amerikan. von
Christian Rendel. – 1. Aufl. – 1997
ISBN 3-8025-2474-8 Gb.

2. Auflage 1997

Coverdesign: Steve Scott
Umschlaggestaltung der deutschen Ausgabe:
Papen Werbeagentur, Köln

Satz: ICS Communikations-Service GmbH, Bergisch Gladbach
Druck: Clausen & Bosse
Printed in Germany
ISBN 3-8025-2474-8

1

Die rote Miniaturlokomotive ließ eifrig dampfend ihr Pfeifen ertönen, als der Zug um die Biegung kam, die Messingbeschläge funkelten in der Sonne. Die Waggons waren vollgestopft mit lachenden und winkenden Kindern, die den Tag im Lincoln Park nach Kräften genossen.

Ein dunkelhaariger Junge stand an dem Zaun, der die Geleise von dem Gelände des Vergnügungsparks abgrenzte, und beobachtete ohne Anzeichen von Freude oder Fröhlichkeit, wie der Miniaturzug vorbeirollte. An einer silbernen Schnur, die der Junge in der Hand hielt, schaukelte ein rosa Heliumballon über seinem Kopf im Wind.

Der Name des Jungen war Charlie Holvey, und er sah aus, als ob all die Freuden, die Lincoln Park zu bieten hatte, ihm nicht das geringste bedeuteten – als ob irgendein geheimer Kummer tief in seinem Innern ihn davon abhielt, je wieder zu lachen.

„Charlie!"

Jemand rief seinen Namen, und er drehte sich nach der Stimme um. Maggie Holvey, seine Mutter, winkte ihn zu sich heran. Neben ihr stand sein kleiner Bruder Teddy mit seinen hellen blonden Haaren. Er lachte, ein fröhliches Kind, ganz anders als Charlie mit seinem mürrischen Gesichtsausdruck. Teddy hielt ebenfalls einen Ballon an einer silbernen Schnur fest. Seine Mutter dirigierte ihn an einem Riemen, der an einem sicher um den Körper des Zweijährigen geschnallten Haltegurt befestigt war.

„Komm schon, Charlie!" rief Maggie, aus deren Stimme auch nach fast zehn Jahren in Amerika der rumänische Akzent nicht ganz verschwunden war. Aber solange sie schwieg, wirkte sie wie jede andere amerikanische Mutter.

Charlie sah sie an, ohne sich zu rühren, und beobachtete Teddy. Plötzlich lächelte der Kleine und watschelte von Maggie weg auf jemanden zu, der durch die Menge der vorbeigehenden Eltern und Kinder näher kam. Steve Holvey, der Vater der beiden Kinder, trug in jeder Hand zwei Eistüten.

„Charlie . . . he! Hier ist ein Eis für dich!“ rief Steve. Doch selbst Eis schien Charlie nicht zu interessieren. Mit ausdruckslosem Gesicht trottete er hinüber zu seinem Vater, seiner Mutter und seinem kleinen Bruder und zog den über seinem Kopf schwankenden Ballon hinter sich her.

Im Gegensatz zu Charlie hatte Teddy großes Interesse an dem Eis und griff ein wenig zu schnell danach. Das Laufen war für ihn immer noch ein wenig ungewohnt, und die Koordination von Ballon und Eistüte erwies sich als zu schwierig. Mit einem Aufschrei fiel er vornüber und schmierte sich dabei das Eis über das greinende Gesicht, von dem das Lächeln verschwunden war. Der Ballon entglitt seinen Fingern, stieg hinauf in den Himmel und wurde vom Wind nach Norden getrieben.

„Still, Teddy, nicht weinen!“ sagte Maggie beschwichtigend, während sie ihren

Jüngsten vom Boden hochnahm. „Wir holen dir einen neuen Ballon, mein Schatz."

Versprechungen bedeuten einem Zweijährigen wenig. Teddy hörte nicht auf zu heulen, und das Schokoladeneis auf seinem Gesicht vermischte sich mit Tränen. Steve dachte nur daran, wie er ihn dazu bringen könnte, mit dem Weinen aufzuhören, als er nach Charlies Ballon griff und ihn Teddy in die Hand drückte.

„Schau. Hier ist ein Ballon."

Wie durch Zauberei verstummte Teddy mitten in einem langgezogenen Klagegeheul, als der silberne Ring am Ende der Schnur wieder sicher in seiner mit Babyspeck gepolsterten Hand lag und der Ballon über ihm schwebte. Charlie sah zu, und zum ersten Mal ging ein Anflug einer inneren Regung über sein Gesicht.

„Wie siehst du aus!" rief Maggie und blickte auf ihren kleinen, schokoladenverschmierten Sohn hinab. „Wir müssen dich saubermachen. Steven . . ."

„Ja, sicher . . . geh nur. Charlie und ich warten auf euch", erwiderte Steve und seufzte vor Erleichterung darüber, daß die Katastrophe sich so leicht hatte abwenden lassen. Als er merkte, daß er immer noch drei Eistüten in der Hand hatte, hielt er eine davon Charlie hin.

„Iß dein Eis, bevor es schmilzt!"

Charlie rührte sich nicht, ließ die Hände herabhängen und ignorierte die Eistüte vor seinem Gesicht.

„Ich will meinen Ballon."

„Ja. Okay. Wir kaufen dir einen neuen Ballon."

„Nein", sagte Charlie heftig. „Ich will *meinen* Ballon."

„Verstehst du nicht? Wir kaufen dir einen anderen Ballon!" rief Steve, aber Charlie wollte das Eis immer noch nicht nehmen. Schließlich zuckte Steve die Achseln, warf alle drei Eistüten in einen Abfalleimer und murmelte etwas von Geldverschwendung. Wenn ihnen nicht das eine Kind den Ausflug verdarb, dann tat es bestimmt das andere . . .

Die Waschräume im Park waren sehr spartanisch eingerichtet. Alles war aus rostfreiem Stahl und Beton, die Becken einfach an der Wand verschraubt und von Stahlpfosten gestützt. Maggie wischte die letzten Schokoladenreste aus Teddys Gesicht; dann befestigte sie seinen Haltegurt am Waschbeckenständer und überprüfte die Schnallen, um sicherzugehen, daß er sich nicht lösen würde.

„Okay, Teddy. Ich bin gleich wieder da“, sagte sie lächelnd zu ihm, bevor sie die Kabine gegenüber betrat und die Tür hinter sich schloß.

Als der Riegel einrastete, ließ Teddy den Ballon los und sah fröhlich zu, wie er zur Decke schwebte und dort herumhüpfte, unfähig, in den freien Himmel zu entfliehen.

Zwischen der Kabinentür und dem Boden befand sich eine Lücke, und als Maggie sich im Sitzen herabbückte, um darunter hindurchzuschauen, sah sie beruhigt Teddys kleine Beine in ihren ausgebeulten blauen Hosen. Sie sang ein Kinderlied, um ihn hören zu lassen, daß sie in seiner Nähe war.

„Sie war'n zu sechst im Bett, und der Kleine rief: Rollt 'rüber . . . rollt 'rüber . . .“

Aber Teddy hörte nicht auf ihr Singen. Er beobachtete begeistert den Ballon, der sich plötzlich, wie von einer unsichtbaren Kraft gezogen, in Bewegung gesetzt hatte. Immer tiefer sank er, dann glitt er zur Seite – auf den Ausgang zu. Als er den Türrahmen erreichte, rauschte die Toilettenspülung.

Maggie sang weiter, während sie ihre Bluse in die Jeans zurückstopfte.

„Sie war'n zu fünft im Bett, und der Kleine rief: Rollt 'rüber . . .“

Sie bückte sich noch einmal, um einen Blick auf Teddys Beine zu werfen, dann entriegelte sie, immer noch singend, die Tür.

„Also rollten alle 'rüber, und einer fiel raus . . .“

Sie öffnete die Tür, und der Gesang blieb ihr bei offenem Mund im Halse stekken. Teddys Haltegurt hing vom Waschbecken herab. Leer. Keine Spur von ihrem geliebten Kind.

Oder von dem Ballon.

Maggie stürzte in Panik zum Ausgang und rief laut seinen Namen, noch ehe sie ins Freie kam.

„Teddy! *Teddy!*"

Teddy war nicht weit weg, aber er hörte sie nicht. Seine ganze Aufmerksamkeit galt dem Ballon, der vor ihm herschwebte, immer gerade so weit entfernt, daß er ihn nicht erreichen konnte. Er stolperte vorwärts, so schnell er konnte, und streckte seine kleinen Arme aus. Doch jedesmal, wenn er seine Finger schloß, sprang der silberne Ring davon, und der Ballon lockte ihn weiter. Den Wiesenhang hinab und durch das weiß gestrichene Tor, das gerade weit genug offen stand, daß er sich hindurchzwängen konnte. Endlich verharrte der Ballon in der Luft, und Teddy streckte lächelnd die Hand danach aus . . .

Nur Charlie sah den kleinen Jungen durch den Zaun gehen. Seine dunklen Augen standen weit offen und spähten durch die

Menge, während sein Vater ahnungslos neben ihm stand. Aber Charlie sagte nichts, warnte seinen Bruder nicht. Er tat nichts von dem, was man von einem Jungen erwarten würde, der zusieht, wie sein kleiner Bruder geradewegs in eine tödliche Gefahr hineinstolpert.

Oben auf dem Wiesenhang beugte sich ein Mann über seine Kamera und sah durch den Sucher seine Frau und seine Kinder an, die mit einem der menschengroßen Tiere des Vergnügungsparks posierten. Es war ein rosa Schwein, noch intensiver rosa als die gefärbte Zuckerwatte, mit der sich seine Kinder über und über bekleckerten. Nachdem er die richtige Einstellung gefunden und auf den Auslöser gedrückt hatte, hob er den Kopf, und sein Blick fiel auf ein kleines Kind mit einem rosa Ballon im Hintergrund.

Eine Sekunde lang dachte er gar nicht darüber nach, wo das Kind war, dann ließ ihn das Pfeifen des Miniaturzuges, das plötzlich viel näher klang als noch vor wenigen Augenblicken, die Situation erfassen.

„Da ist ein Kind auf den Schienen!“ rief er.

Als er das hörte, stand Steve Holvey nur wenige Meter entfernt mit Charlie am Ballonstand. Er drehte sich um und Angst durchbohrte seinen Leib wie eine Lanze, als er den blauen Anzug und den rosa Ballon erkannte. Es war Teddy, der auf den Schienen stand – und der Zug kam bereits um die letzte Biegung und raste unter Volldampf auf seinen Jungen zu.

„Oh mein Gott!“ stöhnte er, während er sich bereits in Bewegung setzte, und stieß im Laufen einen Schrei aus.

„Haltet den Zug an!“

Maggie, die auf Kniehöhe in der Menge nach ihrem Sohn suchte, hörte seinen Schrei und wußte sofort, daß Teddy in Gefahr war. Sie rannte in die Richtung, aus der die Stimme ihres Mannes gekommen war.

Steve rannte, und sein Verstand weigerte sich, die Tatsache zu akzeptieren, daß er es nicht rechtzeitig schaffen konnte. Der Zug war schon zu nahe, und Teddy rührte sich einfach nicht von der Stelle. Verzweifelt schrie er noch einmal, als wollte er seinen Sohn durch schiere Willenskraft dazu bringen, sich zu bewegen, nur einen Meter, nur ein paar Zentimeter von den Schienen herunter.

„Teddy! Geh weg von den Schienen!“

Charlie folgte ihm gemächlich und beobachtete weiter seinen Bruder. Er schien es nicht eilig zu haben, als ob er wüßte, daß er gerade rechtzeitig ankommen würde, um zu sehen, was immer es zu sehen geben würde.

Der Fahrer des Zuges wandte sich lächelnd zu seinen Passagieren um. Er war als Fahrer für den Zug ausgesucht worden, weil er mit seiner Casey-Jones-Mütze wie ein Lokführer aus alten Zeiten aussah und so nett lächeln konnte. Doch sein Lächeln erstarb, als er nach vorn blickte und das Kind selbstvergessen auf den Geleisen stehen sah. Seine Hand schnellte sofort zur Notbremse, aber der Griff wackelte nur nutzlos hin und her. Er versuchte es noch einmal, aber es war nichts zu machen – der Junge hatte noch nicht einmal aufgeblickt. Der Lokführer streckte die Hand nach oben aus und zog immer wieder an der Schnur für die Pfeife, um das schrille Signal ertönen zu lassen, in dem die Rufe der Erwachsenen untergingen, die auf die Schienen zugerannt kamen. Das *mußte* der Kleine doch hören . . .

Teddy summte das Lied von den „Zehn kleinen Zappelmännern“ und zupfte an dem Ballon, glücklich darüber, daß er ihn eingefangen hatte. Er hörte weder das Pfeifen noch die gellenden Schreie.

Er spürte es nicht einmal, als der Zug ihn erfaßte und unter schrillem Pfeifen sein kurzes Leben beendete.

„Nein!“ schrie Steve, als der verwischte rote Streifen des Zuges direkt an ihm vorbeisauste und Teddy mit sich riß. Der rosa Ballon verfing sich irgendwo, bis die scharfkantigen Räder die silberne Schnur durchtrennten und er sich löste.

Dann war der Zug vorbei, und Maggie kam heran, beide Hände vor den Mund gepreßt, um den Schrei zu unterdrücken, der aus ihr hervorbrechen wollte. Hinter ihr verdeckten andere Eltern die Augen ihrer Kinder mit den Händen, um sie vor dem schrecklichen Anblick auf den Schienen zu bewahren.

Nur Maggie rannte weiter, stürzte auf die Knie, hob ihr totes Kind hoch und wiegte es in den Armen, als könnte sie es mit ihrer Liebe irgendwie ins Leben zurückrufen. Aus Steves Gesicht war durch den Schock jeder Ausdruck gewichen; er starrte nur, unfähig, sich zu rühren oder etwas zu sagen, auf die schreckliche Szene.

Hinter ihnen in der Menge sah auch Charlie zu, und auch jetzt zeigte sich keine Regung in seinem Gesicht, wie schon den ganzen Tag über. Sein Vater hatte keine Zeit mehr gehabt, ihm einen neuen Ballon zu kaufen, aber jetzt schwebte einer hinter ihm und zog seine zerfetzte Schnur hinter sich her. Ohne sichtbaren Halt stand er still in der Luft. Fast so, als ob ihn jemand dort festhielte und wartete ...

2

Das Foto füllte die ganze Leinwand aus und zeigte eine Frau und zwei Kinder mit Zuckerstangen, die halb so lang waren wie sie selbst, in ihrer Mitte einen Mann in einem rosa Schweinchenkostüm.

Special Agent Dana Scully betrachtete die Projektion und wartete auf die Erklärung ihres Partners, warum er sie hierher in dieses Labor an der Universität von Maryland gebracht hatte, nur um sich ein Foto anzusehen. Was nun auch folgen mochte, sie wußte, daß Special Agent Fox Mulder eine höchst seltsame Erklärung dafür liefern würde. Dies mochte aussehen wie das Bild einer normalen Familie, die einen Tag auf dem Jahrmarkt genoß, aber es mußte mehr dahinter stecken, wenn Mulder sich dafür interessierte.

Und warum mußten sie sich das Foto hier unten im Labor dieses Typen ansehen?

Wieder einer von Mulders Freunden, der sich auf irgendein obskures Fachgebiet spezialisiert hatte, wenn auch die Tonnen von elektronischen Geräten und Video- und Kameraausrüstungen durchaus beeindruckend aussahen. Ob sie vom Inhaber des Labors ebenso beeindruckt sein sollte, wußte sie nicht so recht. Für einen seriösen Wissenschaftler sah er ein wenig zu glatt aus mit seinem gelichteten Haar und seiner Hornbrille.

Wie Scully erwartet hatte, war es nicht der offensichtliche Teil des Fotos, für den sich Mulder interessierte. Er beugte sich vor und deutete auf eine kleine Gestalt hinter der Familie im Vordergrund, auf der anderen Seite eines weißen Zauns.

„Dieses Foto wurde vor drei Monaten in einem Vergnügungspark aufgenommen", erklärte Mulder. „Der kleine Junge im Hintergrund ist Teddy Holvey, zwei Jahre alt. Er kam wenige Sekunden nach dieser Aufnahme ums Leben."

„Und wie?" fragte Scully.

„Laut Polizeibericht ist er auf die Schienen der Miniatureisenbahn des Parks geraten. Der Lokführer konnte nicht mehr anhalten, weil die Bremsen versagt haben.

Teddys Vater arbeitet für das Außenministerium", fuhr Mulder fort und reichte Scully eine Akte. „Aufgrund der ungewöhnlichen Begleitumstände des Unfalls wurde eine gerichtliche Untersuchung angeordnet."

Immer noch unsicher, worauf Mulder hinauswollte, blätterte Scully rasch durch den Bericht des Gerichtsmediziners. Außerirdische im Vergnügungspark?

„Und hat sich irgend etwas Ungewöhnliches aus dem Bericht ergeben?"

„Nein", erwiderte Mulder. „Aber der Gerichtsmediziner rief mich hinterher an. Er fand diesen Fall und das Foto etwas seltsam. Aus gutem Grund, denke ich."

Scully sah ihn neugierig an und wandte sich dann wieder dem Foto zu. Was hatte sie übersehen?

„Das ist ein Heliumballon. Eins habe ich schon im Kindergarten gelernt, wenn man so einen losläßt, schwebt er ziemlich schnell himmelwärts. Aber sehen Sie, dieser Ballon bewegt sich von ihm weg ... horizontal ... als ob er gezogen würde."

„Haben Sie im Kindergarten nichts über Wind gelernt?" fragte Scully in jenem Tonfall, der Mulder verriet, daß sie seine Geschichte nicht schluckte.

„Ich habe den Wetterdienst angerufen. Und dort hat man mir gesagt, daß an dem Tag, als Teddy starb, der Wind in nördlicher Richtung blies. Der Ballon hier bewegt sich nach Süden, als ob er gegen den Wind gezogen würde."

„Gezogen? Von wem?"

„Ich weiß es nicht", sagte Mulder nachdenklich. „Deshalb bin ich hier bei Chuck, dem König der digitalen Bildbearbeitung."

Er wies auf den Mann, der hinter einem Arsenal beeindruckender Schalttafeln saß und gerade seinen Kaffee absetzte, um seine Hände wieder auf die Computertastatur vor ihm zu legen. Jetzt wußte Scully, worin der Typ Experte war, und katalogisierte ihn unter Mulders Informationsquellen.

„Er kann unglaublich kleine Details aus

einem schlichten Fotoabzug hervorzaubern", fuhr Mulder, offensichtlich beeindruckt von der Fachkundigkeit seines Freundes, fort.

„Nicht Details", sagte Chuck mit der Pedanterie eines Wissenschaftlers. „Informationen. Schauen Sie auf den Monitor."

Er gab ein paar Befehle ein, während Mulder und Scully näher kamen, um einen besseren Blick auf den Monitor zu haben. Der Bildschirm zeigte dasselbe Foto, jedoch auf Teddy und seinen Ballon zentriert. Chuck hackte weiter auf die Tasten ein, und das Bild veränderte seine Farben, als er es vergrößerte.

„Die Bandbreite der Informationen, die unsere Augen ohne Hilfsmittel aufnehmen können, ist begrenzt", erläuterte er, während er tippte. „Mit dieser Spezialsoftware, die ich geschrieben habe, können wir auch 'verborgene' Informationen aufspüren und manipulieren – und wir können sie vergrößern."

Er griff nach der Maus, bewegte sie ein wenig hin und her und klickte dann.

„Sehen Sie dort . . . Da ist es.“

Das Bild veränderte sich ein letztes Mal, und Scully beugte sich vor, um genauer hinzusehen. Sie glaubte, eine undeutliche Gestalt zu erkennen – ungefähr anderthalb mal so groß wie Teddy –, die den Ballon in der Hand hielt und ihn von dem Kleinen wegzog.

„Das ist eindeutig eine Konzentration elektromagnetischer Energie“, sagte der Wissenschaftler und deutete auf den Bildschirm.

„Wollen Sie damit sagen, daß ein . . . Geist Teddy Holvey getötet hat?“ fragte Scully.

Mulder und Chuck sahen sie an, und ihre Gesichter verrieten, daß sie genau das dachten.

„Hat jemand sich die Mühe gemacht, die Kamera zu überprüfen, mit der dieses Foto gemacht wurde? Vielleicht liegt es am Objektiv?“

„Es war alles in Ordnung, Scully“, bestätigte Mulder und reichte ihr einen Beweismittelbeutel, der die Kamera enthielt. „Anhand der Informationen hier ist dies ganz eindeutig eine Poltergeistaktivität."

Scully sah ihn und dann wieder den Monitor an und entgegnete mit zweifelnder Stimme: „Mulder, diese 'Information' ist keinen Pfifferling mehr wert als ein Zeitungsfoto, auf dem das Gesicht von Jesus durch das Laubwerk einer Ulme scheint. Das ist ein zufälliges Spiel von Licht und Schatten."

Mulder sah sie an und nahm einen weiteren Beweismittelbeutel vom Regal. Scully ließ sich niemals auf seine intuitiven Theorien ein, ohne daß er sie durch harte Fakten untermauern konnte.

„Um überhaupt auf die Schienen zu gelangen, hätte sich Teddy Holvey aus seinem kindersicheren Haltegurt befreien müssen, den seine Mutter an einem Waschbecken festgebunden hatte."

„Ich kenne ein paar ziemlich clevere Zweijährige", kommentierte Scully, die noch immer nicht überzeugt war.

„Darum hat ihn auch der Gerichtsmediziner seinem eigenen Zweijährigen angelegt, und festgestellt, daß es einem Kind unmöglich ist, sich selbst daraus zu befreien – es sei denn, Teddy Holvey wäre die Reinkarnation des Großen Houdini gewesen." Er machte eine Pause und fügte dann hinzu: „Und schon das allein wäre eine X-Akte wert . . ."

Die Holveys wohnten in einem großen Haus im Kolonialstil in Arlington, Virginia; ein weißes Haus inmitten eines gepflegten Gartens mit Rasen, Bäumen und Hecken.

Aus einem der oberen Fenster spähte eine alte Frau, deren strenges Gesicht von einem schwarzen Wollschal wie von einer Kapuze umrahmt wurde. Ihr Blick war durch ein rechteckiges Glasmosaik am Fenster halb verdeckt. Es war kunstvoll aus rot und golden gefärbtem Glas zusammengefügt und zeigte im Zentrum ein umgekehrtes Hakenkreuz mit einem Punkt in jeder Speiche.

Die alte Frau sah aus wie eine Bäuerin aus der Alten Welt, aus irgendeinem entlegenen Dorf in Mitteleuropa. Sie schien die Härte des Lebens kennengelernt zu haben, und vielleicht auch allerhand Böses. Sie war die perfekte Statistin für einen Horrorfilm.

Sie beobachtete vom Fenster aus, wie ein Wagen durch die Einfahrt rollte und vor dem Haus parkte. Die beiden Insassen stiegen aus. Ein Mann und eine Frau, er im Anzug, sie im Kostüm, darüber lange Wintermäntel. Sie hatten diese undefinierbare Ausstrahlung, die verriet, daß sie entweder von der Polizei oder von der Regierung kamen.

Die alte Frau wußte, daß sie nicht verstehen würden. Sie wandte sich ab und verschwand in der Dunkelheit ihres Zimmers.

Mulder und Scully gingen auf das Haus zu, ohne zu ahnen, daß sie beobachtet, beurteilt – und für unzulänglich befunden wurden. Sie traten an die Tür und klopften.

3

Es war dämmrig im Wohnzimmer der Holveys, trotz des warmen, roten Feuerscheins und der Lampen zu beiden Seiten des Kamins. Steve und Maggie Holvey saßen Mulder unbehaglich auf ihrem Sofa gegenüber, während Scully in der Nähe der Tür stand und ihre Aufmerksamkeit halb auf die Vorgänge außerhalb des Raumes richtete. Die beiden FBI-Agenten hatten ihre Mäntel anbehalten, vielleicht, weil sie eine unerklärliche Kälte verspürten. Die Holveys schienen davon nichts zu bemerken.

Maggie Holvey war sichtlich verunsichert und verwirrt über den Besuch der Agenten.

„Ich verstehe nicht ganz. Es hat doch schon eine amtliche Untersuchung gegeben“, sagte sie.

„Wir sind unabhängig von dieser Untersuchung hier“, erklärte Mulder, wachsam wie immer, und beobachtete die beiden ebenso aufmerksam, wie er ihren Antworten lauschte. „Wir haben Grund zu der Annahme, daß vielleicht etwas übersehen wurde."

„Was denn?" fragte Maggie verwirrt und immer noch widerstrebend.

Mulder gab sich keine Mühe, zu beschönigen, was er zu sagen hatte.

„Die Möglichkeit, daß jemand Teddy auf die Schienen geholfen hat."

„Oh, mein Gott", schluckte Maggie, die aussah, als sähe sie in diesem Augenblick wieder Teddys leblosen Körper auf den Schienen liegen. Steve beugte sich zu ihr hinüber und streckte tröstend seine Hand nach ihr aus.

„Es gab über hundert Zeugen", sagte er mit Nachdruck. „Wir haben Teddy selbst gesehen . . ."

Während er sprach, loderte plötzlich das Kaminfeuer auf, so daß die Flammen auf das Doppelte ihrer Höhe anwuchsen – genau in dem Augenblick, als Charlie lautlos in der Tür erschien. Mulder bemerkte seine Anwesenheit und machte Scully mit einem leichten Nicken auf ihn aufmerksam. Sie sah ebenfalls hin, doch der Junge verzog sich sofort in die Diele.

Kaum war er fort, sanken die Flammen wieder herab.

Steve hatte nichts bemerkt und redete einfach weiter. „Er jagte hinter einem Ballon her. Es war niemand sonst in der Nähe. Es war ein schrecklicher Unfall. Aber es war wirklich nichts weiter . . ."

„Könnten Sie sich vorstellen, daß irgend jemand Teddy etwas zuleide tun wollte?" fragte Mulder.

„Er war doch nur ein kleiner Junge", sagte Maggie. „Wer sollte ihm etwas antun wollen?"

Scully hörte ihre Antwort, während sie aus dem Zimmer ging, um Charlie zu folgen. Sie bog um den Türrahmen und sah ihn auf halber Treppe neben einer alten Dame stehen, die murmelnd auf ihn einredete und ihm mit einem roten Stift etwas auf den Handrücken zeichnete.

Scully registrierte nüchtern, was vor sich ging, und bemerkte auch die rote Schnur, die der Junge um das Handgelenk trug. Dann drehte sie sich um und wandte ihre Aufmerksamkeit wieder den Eltern zu, um das Gespräch weiter zu verfolgen. Fragen kamen ihr in den Sinn, und die Richtung, in der ihre Gedanken sich bewegten, gefiel ihr nicht.

„Hören Sie, ich weiß nicht, worauf Sie hinauswollen", sagte Steve gerade. „Wir haben Teddy *geliebt*. Wenn Sie andeuten wollen, das hier wäre so ein Fall wie bei dieser Frau, die ihre Kinder in einem See ertränkt hat – dann liegen Sie völlig falsch."

„Mrs. Holvey, haben Sie irgend etwas gehört, bevor Teddy aus dem Waschraum verschwand?" fragte Mulder.

„Das habe ich doch schon bei der Untersuchung gesagt. Ich habe nichts gehört."

Scully trat weiter ins Zimmer hinein und stellte ihre erste Frage. Sie zeigte den Holveys nicht, was sie fühlte, aber Mulder erkannte mit einem Blick, daß ihr der Fall naheging.

„Mrs. Holvey, hatten Sie zum Zeitpunkt des Unfalls irgendwelche Hausangestellten?“ fragte sie.

„Nein. Meine Mutter ist zu uns gezogen, als Teddy geboren wurde.“

Mulder meldete sich zu Wort und folgte seinem eigenen Gedankengang – einem Gedankengang, der zu den X-Akten paßte.

„Ist Ihnen zur Zeit von Teddys Tod irgend etwas Merkwürdiges im Haus aufgefallen? Daß sich Dinge von selbst bewegten? Oder daß merkwürdige Gegenstände aus dem Nichts auftauchten? Irgend etwas wie –“

Er wurde unterbrochen, als plötzlich ein schrilles Pfeifen durch das ganze Haus schrillte. Steve Holvey sprang wie angestochen auf und eilte aus dem Zimmer.

„Das ist dieser verdammte Rauchmelder. Ich bin gleich wieder da.“

Wenige Sekunden später brach das Pfeifen des Rauchmelders ab – und plötzlich gingen alle Lichter aus, so daß nur noch die rote Glut des Feuers die Dunkelheit spärlich erhellte.

„Passiert das öfter?“ fragte Mulder und beugte sich vor, um Maggie anzusehen, deren Gesicht zur Hälfte vom flackernden Licht der Flammen beleuchtet wurde und zur anderen Hälfte im Schatten lag.

„Es ist ein altes Haus“, sagte sie achselzuckend. „Die Leitungen taugen nicht mehr viel.“

Dann ging das Licht wieder an – und offenbarte, daß die alte Frau mitten im Zimmer stand und Charlie an der Hand hielt.

„Es ist der Teufel! Der Teufel!“ zeterte die Frau auf rumänisch.

„Mutter, es war nur ein falscher Alarm“, versuchte Maggie sie auf Englisch zu beruhigen. Sie hoffte, daß die FBI-Agenten die Sprache der Alten, ihre wilden Anschuldigungen nicht verstanden . . .

„Der Junge ist böse! Böse!“ fuhr die alte Frau auf rumänisch fort. Eine hart klingende Sprache, fremdartig für Mulder und Scully, die sie verblüfft anstarrten. Mulder prägte sich wie immer alle Einzelheiten an ihr und dem Jungen ein; einschließlich des umgekehrten Hakenkreuzes mit den vier

Punkten, das in roter Farbe auf den Handrücken des Jungen gezeichnet war.

„Mutter!“ rief Maggie energisch.

„Was hat sie gesagt?“ fragte Scully, als Steve ins Zimmer kam und ein Gesicht machte, als sei der Ausbruch seiner Schwiegermutter das Letzte, das ihm zu allem anderen noch gefehlt hatte.

„Maggie!“ beschwor Steve seine Frau, ihrer Mutter Einhalt zu gebieten. Aber die alte Frau ließ sich nicht aufhalten. Sie fiel in gebrochenes Englisch und verkündete: „Du hast Teufel geheiratet, nun hast du des Teufels Kind!“

Nach diesen Worten drehte sie sich um und führte Charlie hinaus. Die beiden FBI-Agenten und die entnervten Eheleute sahen ihr, eingehüllt in peinliches Schweigen, nach.

„Es tut mir leid“, sagte Steve schließlich.

4

Die Ereignisse des Vortages hatten bei den FBI-Agenten ihre je eigenen Gedankengänge und Fragen ausgelöst, und jeder war anderen Hinweisen nachgegangen, die der Besuch im Haus der Holveys ergeben hatte.

Mulder war noch mitten in seinen Recherchen, als Scully ihn in seinem Büro aufsuchte. Er lehnte sich auf seinem Stuhl zurück, ohne sich der Tatsache bewußt zu sein, daß sein Kopf von dem „I want to believe“-Poster an der Wand hinter ihm eingerahmt wurde, und hielt Scully das Buch, das er gerade studierte, offen hin, um ihr ein allzu bekanntes Symbol zu zeigen.

„Kennen Sie das?“ fragte er.

„Sicher. Das ist ein Hakenkreuz.“

„Auch als Gammadion oder Vierfoß bekannt. Es ist ein altes Glücks- oder

Schutzsymbol, das seit dem Mittelalter in verschiedenen Kulturen verwendet wurde . . ."

„Und?" hakte Scully nach.

„Der Sohn der Holveys hatte gestern abend eines auf dem Handrücken. Ich vermute, die alte Dame hatte es ihm aufgemalt. Um den Jungen zu beschützen."

„Sie haben recht. Ich habe sogar gesehen, wie sie es gezeichnet hat."

„Fanden Sie das nicht merkwürdig?" fragte Mulder, der überrascht war, daß Scully diese Beobachtung anscheinend nicht für wert befunden hatte, sie ihm mitzuteilen

„Nein. Ich glaube, dieser Junge braucht allen Schutz, den er kriegen kann. Aber nicht vor Gespenstern oder Monstern. Schauen Sie sich das hier an!"

Scully begegnete Mulders Buch des Aberglaubens, indem sie ihm die erste ihrer beiden Akten reichte. Teddy Holveys Krankenakte. Harte, wissenschaftliche Fakten. Mulder griff danach und sah seine Partnerin fragend an.

„Haben Sie schon mal vom Münchhausen-Syndrom gehört?“

„Ja“, grinste Mulder. „Das hat mein Großvater immer für seinen Magen genommen.“

Scully ignorierte die Bemerkung. Sie lachten selten zusammen, und Mulder versuchte oft gar nicht erst, einen Scherz zu machen. Vielleicht war er unbewußt sogar erleichtert darüber, daß dies offenbar keine X-Akte war, dachte Scully. Sie war überzeugt, daß es eine weitaus alltäglichere, wenn auch ausreichend unerfreuliche Erklärung gab.

„Das ist, wenn Eltern oder Familienangehörige einem Kind medizinische Symptome einreden“, fuhr sie fort, „um mehr Aufmerksamkeit oder Zuwendung zu erlangen. Wenn Sie sich Teddy Holveys Krankengeschichte ansehen, werden Sie feststellen, daß er während der zwei Jahre seines Lebens zehnmal in verschiedene Krankenhäuser eingeliefert wurde. Das bedeutet etwa alle zweieinhalb Monate.“

Mulder schlug die Akte auf und las laut daraus vor, während er sie durchblätterte: „Stoßartiges Erbrechen mit drei Monaten, Durchfall mit vier Monaten, Erbrechen, Durchfall, wieder Durchfall . . ."

„Und nie ist es gelungen, die Ursache der Erkrankung zu bestimmen", betonte Scully, zuversichtlich, die richtige Spur gefunden zu haben.

„Und das hat niemanden gewundert?" fragte Mulder, der beeindruckt war, wenn dies auch nicht die Erklärung war, die er im Sinn hatte.

„Nun, die Familie ist wegen Steves Tätigkeit sehr häufig umgezogen. Es dauert eine Weile, bis die Akten von einem Krankenhaus ans andere weitergegeben werden – aber diese Art von Mißhandlung ist meist nicht nur auf ein Kind beschränkt, und deshalb habe ich auch Charlies Krankengeschichte überprüft."

Während sie sprach, reichte Scully Mulder die zweite Akte. Als er sie aufschlug, war er bereit zu glauben, daß Scully diesmal wirklich eine überzeugende wissenschaftliche Erklärung gefunden hatte. Vielleicht war dies wirklich keine X-Akte . . .

„Charlie hatte auch gesundheitliche Probleme?“ fragte er.

„Seit der Geburt seines Bruders“, bestätigte Scully. „Genau von dem Zeitpunkt an, als Holveys Schwiegermutter zu ihnen gezogen ist.“

Mulder sah die Akte durch, registrierte die Daten, und auf seinem sonst so leidenschaftslosen Gesicht machte sich Sorge breit.

„Beim Münchhausen-Syndrom sieht der Täter das Kind oft als böse an. Die alte Frau wäre eine wahrscheinliche Kandidatin. Aber es könnte auch jedes andere Mitglied der Familie sein.“

Mulder nickte. Das mußte auf jeden Fall überprüft werden.

„Haben Sie Lust auf einen Spaziergang zum Außenministerium, Scully?“

Steve Holveys Büro hätte sich nirgendwo anders befinden können als im Außenministerium. Die holzvertäfelten Wände, die

Plaketten, die an Dienstzeiten in anderen Ländern erinnerten, die roten Plüschsessel und die aufgeräumten Aktenschränke bildeten einen starken Kontrast zu Mulders chaotischem Büro beim FBI. Steve Holvey saß hinter seinem Schreibtisch und gab sich alle Mühe, die Antworten zu finden, nach denen Mulder und Scully suchten. Sonnenlicht stach durch die geschlossenen Jalousien hinter ihm und spiegelte sich in den Besucherausweisen, die die beiden FBI-Agenten trugen.

„Es gab schon ... Merkwürdigkeiten, seit Golda – meine Schwiegermutter – zu uns gezogen ist", sagte Steve zögernd. „Ich habe Maggie 1984 in Rumänien kennengelernt. Golda verbot uns die Hochzeit. Sie meinte, ich wäre der Teufel ... Nachdem ich wieder in den Vereinigten Staaten war, wurde es etwas besser. Bis Teddy geboren wurde und sie bei uns einzog – da wurde es wirklich seltsam."

„Inwiefern seltsam?" fragte Mulder. Er hatte immer noch das Gefühl, daß mehr hinter der Sache steckte und daß er nicht alle Tatsachen zu fassen bekam. Es paßte einfach nicht zusammen – wie Scully die Sache auch sehen mochte.

Steve war unsicher, wie er fortfahren sollte. Aber jetzt würde sowieso alles ans Licht kommen . . .

„Der Glaube an Geister und Hexen regiert Goldas Leben. Sie spuckt aus, wann immer jemand etwas Nettes über die Kinder sagt . . . Als sie bei uns einzog, hat sie erstmal heißes Wasser über die Türschwelle gegossen, um Dämonen abzuwehren; den Kindern band sie rote Schnüre um die Handgelenke. Einmal habe ich sie dabei erwischt, wie sie Hühnerinnereien aufs Dach warf. Und Teddy und Charlie wurden dauernd krank . . ."

„Und Sie verdächtigen Golda?" fragte Scully, um ihn dazu zu bewegen, laut auszusprechen, was er ganz offensichtlich dachte.

„Sie sagt Charlie immer wieder ins Gesicht, er wäre *böse*. Aber gleichzeitig liebt sie ihn abgöttisch. So, als hätte sie Angst um ihn."

„Um ihn oder vor ihm?“ warf Mulder ein.

„Ich weiß es nicht . . .“

Scully wählte diesen Moment, um die Frage zu stellen, die sie sich für den psychologisch richtigen Augenblick aufgehoben hatte.

„Sagt Ihnen der Begriff ’Münchhausen-Syndrom’ etwas, Mr. Holvey?“

Der schockierte Ausdruck auf Steves Gesicht verriet, daß er wußte, was das Münchhausen-Syndrom war – und seine nächsten Worte bestätigten es.

„Wollen Sie uns der Kindesmißhandlung beschuldigen?“

„Teddys Krankenakten haben einige Fragen aufgeworfen“, erklärte Scully. Es war nicht zu übersehen, daß sie in der Tat den Verdacht hatte, daß irgend jemand sich der Kindesmißhandlung schuldig gemacht hatte.

Steve senkte den Blick auf seinen Schreibtisch und rang mit etwas, das er sich nicht einmal selbst eingestehen, geschweige denn offen aussprechen wollte.

„Ich könnte das niemals zu Maggie sagen“, sagte er stockend. „Aber ich habe mich gefragt, ob es nicht Golda war, die sich hineingeschlichen und Teddy aus dem Waschraum gelassen hat.“

„Ich würde gern Ihren Sohn Charlie befragen“, sagte Scully, während sie sich vorbeugte und Steve eine Visitenkarte reichte. „In Begleitung einer Kinderpsychologin.“

Steve nahm die Karte und überflog die Aufschrift: „Karen F. Kosseff, staatlich geprüfte Sozialpsychologin, Federal Bureau of Investigation“.

„Oh Mann“, sagte er mit einem furchtsamen Zittern in der Stimme. „Das wird aber nicht leicht.“

5

Charlie saß an dem blau gekachelten Tisch in der Küche und sah seiner Großmutter zu, die in einem Topf mit Dosenspaghetti, der auf dem Herd stand, herumrührte. Seine Eltern stritten im Wohnzimmer, doch er ließ sich nicht anmerken, ob er sie hörte. Man konnte unmöglich sagen, was in seinem Kopf vor sich ging.

Mulder jedoch hörte seinen Eltern zu; er stand im Durchgang, um gleichzeitig den Jungen im Auge behalten zu können. Scully hörte ebenfalls zu, doch sie behielt die alte Frau im Auge. Ihrer Meinung zufolge war die Großmutter immer noch die Hauptverdächtige. Steves Äußerungen im Außenministerium hatten ihren Argwohn nur verstärkt.

Zu Anfang hatte Steve versucht, Maggie zu bitten, aber damit erreichte er nichts.

Die Diskussion wuchs sich rasch zu einem regelrechten Streit aus.

„Was wollen die?“ fragte Maggie lautstark. „Wollen die uns Charlie wegnehmen?“

„Sie wollen nur, daß er sich mit der Sozialpsychologin unterhält“, erklärte Steve geduldig. „Sie erwartet uns.“

„Sozialarbeiterin! Nein, die bringt Charlie nur auf dumme Gedanken!“

„Du bist unvernünftig . . .“ fing Steve an, doch Maggie hörte ihm gar nicht zu.

„Du willst ihn mir wegnehmen! Du gibst mir die Schuld wegen Teddy, und jetzt willst du mir Charlie wegnehmen!“

„Ich höre mir das nicht länger an!“ rief Steve, dem nun auch der Geduldsfaden riß. „Das ist ja lächerlich! Wenn du uns begleiten willst, kannst du das gerne tun, aber ich nehme Charlie jetzt mit.“

Plötzlich verwandelte sich Maggies Zorn in Furcht. Jetzt war es an ihr, eindringlich zu bitten.

„Nein, Steven. Er ist mein Sohn . . .“

Der Streit der beiden hätte Scully beinahe abgelenkt, aber sie bemerkte dennoch, wie Golda ein kleines Papiertütchen aus ihrer Rocktasche holte und irgendein Pulver in das Essen streute, das sie gerade für Charlie zubereitete. Als Steve und Maggie in die Küche zurückkehrten, trug die alte Frau den Teller zum Tisch, als ob ihr sehr daran gelegen sei, daß Charlie davon aß, ehe er aufbrach. Scully trat ihr in den Weg und fragte: „Was ist das?“

Golda blieb stehen und starrte sie finster an.

„Sie beschwören den Teufel!“ zischte sie auf rumänisch. Scully verstand daher nicht, was sie sagte. Doch es war offensichtlich, daß sie der Meinung war, Scully mische sich in etwas ein, das sie nichts anginge.

Scully wollte noch eine Frage stellen, doch Steve unterbrach sie.

„Komm, Charlie! Hol deine Jacke“, wies er seinen Sohn an, wobei er seine Hände auf Charlies Schultern legte, als wollte er klarstellen, daß er es war, der bestimmte, was mit dem Jungen geschah.

Maggie war ihm dicht auf den Fersen.

Mit vor der Brust verschränkten Armen versuchte sie, ihren Zorn zu beherrschen. Sie funkelte Steve und die beiden FBI-Agenten an.

„Du hast kein Recht, das zu tun!“ verkündete sie.

„Maggie!“ machte ihr Steve mit einem Wort klar, daß er nicht zurückweichen würde. Eine Hand auf Charlies Schulter, schob er den Jungen in Richtung Haustür, und Maggie wußte, daß sie nichts mehr tun konnte. Charlie würde die Sozialpsychologin aufsuchen.

„Kommen Sie“, sagte Steve zu Mulder und Scully. „Wir treffen uns vor dem Haus.“

Maggie sah ihnen einen Moment lang nach und stürmte dann durch die andere Tür hinaus. Mulder schickte sich an, ihr zu folgen. Scully schaute noch einmal zu der alten Frau zurück. Aus irgendeinem Grund hatte Golda ihren hochmütigen Ausdruck verloren und wandte sich den Küchenschränken zu, um Scullys Blick auszuweichen. Fast schien es so, als ob sie sich vor irgend etwas fürchtete.

Vor dem Haus setzte Mulder den Wagen zurück, so daß sie die Garage der Holveys sehen und Steve auf der Fahrt zu Karen Kosseff, der Sozialpsychologin, folgen konnten. Das Garagentor war noch nicht offen, und während Scully Haus und Garage beobachtete, rechnete sie halb damit, daß Golda oder Maggie auftauchen würden, um im letzten Augenblick doch noch zu verhindern, daß Charlie mit der Psychologin sprach.

In der Garage stiegen Steve und Charlie in den Wagen und schnallten sich an. Steve vergewisserte sich, daß Charlie es richtig gemacht hatte – eine Routine, die beide schon unzählige Male durchgespielt hatten.

„Okay. Bist du richtig angeschnallt?“

„Ja“, sagte Charlie mechanisch. Wohin sie fuhren, schien ihm gleichgültig zu sein. Er starrte geradeaus durch die Windschutzscheibe, ohne zu blinzeln, als ob seine Augen etwas Fernes weit jenseits der Garagenwand erfaßt hätten.

Steve nickte und langte nach dem automatischen Garagentoröffner, der an der Sonnenblende angebracht war. Als sich nichts rührte, drückte Steve noch einmal auf den Knopf und dann ein drittes Mal – aber das Tor bewegte sich immer noch nicht.

„Verdammt!“ rief er und löste den Sicherheitsgurt, um aus dem Wagen zu steigen. Rauchmelder, marode Leitungen und nun auch noch der verdammte Garagentoröffner! Kopfschüttelnd zog Steve Holvey sich eine kleine Leiter heran und stieg hinauf zur Decke, um einen Blick auf den Motor zu werfen, der das Tor bewegte. Irgendwo da oben gab es einen Reset-Schalter . . . aber wo war er? Als er den Hals reckte, um die Seite des Motors besser sehen zu können, achtete er nicht auf seine Krawatte, die über seiner Schulter hing und die Antriebskette berührte . . .

. . . mit einem vernehmlichen Klicken schnappte die Zentralverriegelung des Wagens ein . . . und Charlie schrak aus seiner Versunkenheit und war plötzlich hellwach.

Er warf sich über den Sitz, um von der Fahrerseite aus seinen Vater zu beobachten.

In diesem Augenblick sprang der Motor des Garagentors an.

Sofort setzte sich die Kette in Bewegung und erfaßte Steves Krawatte. Als er das Reißen an seinem Hals spürte, zeigte seine Miene zuerst Überraschung, dann Furcht, während der Motor weiter an seiner Krawatte zerrte, sie immer mehr zusammenzog und ihn strangulierte. Er versuchte verzweifelt, sich zu befreien. Seine Füße verloren den Halt und traten ins Leere . . .

„Nein! Halt! Daddy! Daddy!“ schrie Charlie, als die Füße seines Vaters gegen das hintere Seitenfenster prallten und das Sicherheitsglas unter den Tritten des erstickenden Mannes zersplitterte. Tränen strömten über Charlies Gesicht, als er nutzlos gegen sein eigenes Fenster hämmerte und schrie: „Halt! Daddy! Daddy!“

Doch der Motor kurbelte beharrlich weiter, bis das Garagentor beinahe vollständig geöffnet war und Steve Holveys Strampeln schwächer und schwächer wurde, als das Leben langsam aus ihm herausgepreßt wurde.

Scully sah ihn als erste. „Mulder!“ rief sie, während sie bereits die Wagentür aufstieß. Sekunden später rannten beide Agenten auf die Garage zu, und Mulder packte Steves Beine, um ihn zu stützen. Aber es war zu spät. Ein Blick auf das blau angelaufene Gesicht und die hervortretenden Augen sagte ihm, daß der Mann tot war.

Nach einem kurzen Blick sah Scully nach dem Jungen in dem verschlossenen Wagen. Tränen liefen über seine Wangen, und das Entsetzen über den Tod seines Vaters stand ihm ins Gesicht geschrieben. Die gleichgültige Maske, die Charlie bisher immer getragen hatte, war verschwunden. Er sah beinahe wie ein anderer Junge aus . . .

6

Es war wieder Nacht im Haus der Holveys. Eine kalte, dunkle Nacht, ein passender Abschluß für den Tag, der den seltsamen Tod von Steve Holvey gesehen hatte. Der zweite Todesfall in der Familie innerhalb von drei Monaten. Es mußte ein furchtbarer Schlag sein, ihren kleinen Sohn und ihren Ehemann so kurz hintereinander zu verlieren, dachte Scully, als sie nach Maggie Holvey sah. Ein Arzt war jetzt bei ihr im Schlafzimmer und behandelte sie wegen des Schocks.

Zwei uniformierte Beamte warteten draußen in der Diele und stellten einen Bericht zusammen. Einer von ihnen spähte durch den dunklen Türspalt eines anderen Zimmers. Als Scully auf die beiden zukam, blickte er auf. Er schien beunruhigt über das, was er gerade entdeckt hatte.

„Sehen Sie sich das an!" sagte der Beamte und deutete in das Innere des Raumes; das Zimmer der alten Frau, erinnerte sich Scully. Golda. Ihr war noch nie eine Frau begegnet, die sie so sehr an die Hexen aus den Märchen ihrer Kindheit erinnert hatte.

Sie ging hinein.

Das Zimmer war von unzähligen Kerzen, gelben Lichtzungen, die flackernd in die Dunkelheit leckten, spärlich beleuchtet. Schwere Vorhänge verdeckten das Fenster; es sah aus, als würden sie nur bei Nacht geöffnet, um dem Tageslicht den Zugang zu diesem Raum zu verwehren. Auf einem Tisch in der Mitte stand eine Messingschale, umgeben von altertümlichen Flaschen voller seltsamer Kräuter und noch seltsamerer Flüssigkeiten.

Scully bemerkte im Kerzenlicht einen undeutlichen weißen Umriß und einen dunkleren Schatten daneben und trat näher. Das konnten doch wohl keine toten Hühner sein? Doch, genau darum handelte es sich. Eines schwarz, das andere weiß. Tote Hähne mit durchgeschnittenen Kehlen und schlaffen, ausgebluteten Körpern. Etwas von dem Blut befand sich in der Schüssel.

Ein Geräusch von draußen ließ Scully vorsichtig um den Tisch herumgehen, um aus dem Fenster zu schauen. Dort stieß sie zunächst abermals auf das umgekehrte Hakenkreuz in einem Holzrahmen, darin rot gefärbtes Glas auf Gold. Das Täfelchen hing am Fenster, als ob die alte Frau glaubte, es könnte irgend etwas Böses abwehren – oder daran hindern, aus diesem Raum zu entkommen. Offensichtlich hatte der Aberglaube Goldas Verstand fest im Griff.

Aber nicht Scullys Verstand. Sie war hartnäckig entschlossen, sich das Zeug, das Mulder ohne Probleme zu glauben imstande war, durch wissenschaftliches, rationales Denken vom Leibe zu halten. Selbst wenn tatsächlich unheimliche Dinge geschahen, konnte Scully damit stets irgendwie fertig werden und ihren Verstand abschotten.

Doch das Geräusch von draußen hatte keine unheimliche Ursache. Scully sah, wie Autotüren geöffnet wurden. Ein Kombi war vorgefahren, und Golda begrüßte die

Leute, die aus dem Wagen stiegen. Drei Männer, alle schwarz gekleidet, mit bis zum Hals zugeknöpften weißen Hemden ohne Krawatten. Sie trugen seltsame, breitkrempige schwarze Hüte. Wie Priester oder eine sonderbare Art von Leichenbestattern.

Vermutlich rumänische Landleute, dachte Scully, die die alte Frau herbeigerufen hatte. Sie machten ernste Mienen, besonders der Mann, der offensichtlich ihr Wortführer war. Er war alt und weißhaarig, auch sein Bart war weiß; er sah aus wie ein biblischer Prophet. Er hörte Golda zu, und sie deutete auf das Haus.

Je mehr sie sah, desto sicherer war Scully, daß Charlie nicht in dieses Haus gehörte. Sie machte auf dem Absatz kehrt und ging hinaus, um zu telefonieren. Als sie das nach Aberglauben riechende Zimmer verließ, konnte sie einen heimlichen Schauder nicht unterdrücken.

In der Garage wischte Mulder mit seinen in Latex steckenden Händen eine merkwürdige Asche von dem Motor des Türöffners und sammelte sie in einem Beweismittelbeutel. Im Gegensatz zu Steve Holvey hatte er seine Krawatte zur Sicherheit ins Hemd geschoben. Die Garagentür war wieder geschlossen, und Mulder wollte nicht das Risiko eingehen, daß irgend etwas den Motor in Bewegung setzte.

Scully kam herein, als er gerade von der Leiter stieg.

„Haben Sie etwas gefunden?“ erkundigte sie sich.

„Ja“, erwiderte Mulder und hielt ihr den Beutel hin. „Vielleicht.“

„Sieht wie Asche aus.“

„Stimmt“, bestätigte Mulder und fuhr mit der behandschuhten Hand über das Dach des Wagens, der dem toten Steve Holvey gehört hatte. Auch hier blieb Asche am Handschuh hängen. „Sie ist überall. Schauen Sie sich das an.“

„Die Holveys sagten doch, sie hätten Probleme mit den elektrischen Leitungen im Haus“, versuchte Scully eine Erklärung. „Die Asche könnte von einem Kurzschluß des Motors stammen.“

„Ich habe den Motor überprüft. Er funktioniert tadellos."

„Und was glauben Sie, was das ist?"

„Keine Ahnung", erwiderte Mulder nachdenklich, „aber ich werde es analysieren lassen."

Was immer es mit der Asche auf sich haben mochte, sie erschien Scully irrelevant. Es gab wichtigere Dinge, um die sie sich kümmern mußte.

„Also, bevor wir irgend etwas anderes tun, sollten wir Charlie Holvey aus diesem Haus schaffen. Ich habe die Sozialpsychologin angerufen, damit sie herkommt und einen Bericht macht."

„Die Gerichte schalten sich nur sehr ungern in solche Angelegenheiten ein", meinte Mulder. Seine Faszination für unerklärliche Dinge hatte seine Aufmerksamkeit für die weltlicheren Details seiner Arbeit als FBI-Agent nicht erlahmen lassen.

„Nicht, wenn ein Kind in Gefahr ist", entgegnete Scully. „Und nicht, wenn sie von den zwei toten Hähnen im Zimmer der alten Frau erfahren."

„Tatsächlich?“ fragte Mulder. Irgendwie ergab dieser Fall noch keinen Sinn. Diese seltsame Asche, die Angst der alten Frau vor dem Bösen ... „Glauben Sie immer noch, daß dies ein Fall von Münchhausen-Syndrom ist, Scully?“

Scully bestätigte ihre Überzeugung, ohne zu zögern. „Ich habe nicht den geringsten Zweifel.“

Ehe sie das letzte Wort ausgesprochen hatte, erwachte der Motor über ihren Köpfe zum Leben, und erschrocken sahen sie zu, wie sich das Garagentor öffnete.

„Was haben Sie gemacht?“ fragte Scully.

„Ich habe gar nichts gemacht“, sagte Mulder langsam und blickte hinaus auf die Einfahrt. Dort standen Menschen, die langsam zum Vorschein kamen, als das Tor sich hob. Es war Golda, die den kleinen Charlie vor sich hielt, flankiert von den drei Männern, die Scully vom Fenster aus gesehen hatte.

„Bleiben Sie ... weg ... von ... unsere ... Haus!“ herrschte Golda sie in gebrochenem Englisch an. Sie ließ ihrer Warnung einen eisigen Blick folgen, wandte sich dann ab und schob Charlie vor sich her. Die Männer in Schwarz folgten ihr schweigend ins Haus.

7

Scully saß auf Mulders Schreibtisch und studierte die Akte über die Holveys, während sie darauf wartete, daß er mit dem Röntgen-Spektrogramm der Asche zurückkehrte. Es handelte sich wahrscheinlich um irgendeine natürliche Erscheinung, aber er schien damit zu rechnen, daß es etwas Außergewöhnliches war.

Als er hereinkam und mit einem Computerausdruck wedelte, blickte sie auf.

„Wollen Sie mal etwas Unheimliches sehen?" fragte er und reichte ihr die Grafik. Scully, die ihn gut genug kannte, sah, daß er erregt war, obwohl seine Miene kein Anzeichen von Erregung zeigte. Aber die Art, wie er sich bewegte, seine plötzliche Lebhaftigkeit sprach Bände.

„Was denn?" fragte Scully. Es war nichts zu sehen außer einer vollkommen geraden Linie in einem Koordinatensystem.

„Das ist die chemische Analyse der Asche aus dem Haus der Holveys“, erklärte Mulder eifrig, während er seinen Mantel von der Stuhllehne nahm. Er schlüpfte hinein und deutete auf die gerade Linie auf dem Blatt.

„Keine Spur von irgendeinem Metall. Keine Spur von Kohlenstoff oder Sauerstoff. Rein gar nichts.“

„Was soll das bedeuten?“ fragte Scully verdutzt.

„Sie enthält keinerlei organische oder anorganische Substanzen. Die Chemiker sagen, daß diese Asche eigentlich gar nicht existiert. Kommen Sie!“

„Wohin gehen wir?“ fragte Scully und rutschte vom Schreibtisch. Was immer diese Asche war – oder nicht war –, sie hatte Mulder jedenfalls ziemlich auf Trab gebracht.

„Eine zweite Meinung einholen“, sagte Mulder, der schon halb zur Tür hinaus war.

Die zweite Meinung, die Mulder hören wollte, entpuppte sich als die von Chuck Burk. Also fanden sie sich bald darauf in dessen Labor voller Videogeräte und seiner übrigen, esoterischen Ausrüstung in der Universität von Maryland wieder.

Chuck nahm den kleinen Beutel mit der Asche beinahe ehrfürchtig entgegen, betastete ihn vorsichtig und betrachtete ihn durch seine Hornbrille, als könne er nicht glauben, was er sah.

„Oh, wow! So etwas habe ich seit einer Ewigkeit nicht mehr gesehen ... nicht mehr seit 1979 in Indien."

„Indien?" fragte Scully, der erneut Zweifel an diesem seltsamen Typen kamen. Mulder hatte wahrhaftig einen Riecher für „Leute vom Fach".

„Bevor Chuck dem akademischen Zauber erlegen ist, hat er noch eine Pflichttour auf dem alten Hippie-Pfad gemacht", erwiderte Mulder.

„Das ist sogenannte 'Vibuti'", erklärte Chuck. „Heilige Asche. Aber chemisch gesehen ist sie reine Einbildung." Er vollführte eine ausholende Geste mit gespreizten Fingern. „Etwas, das sich aus dem Nichts heraus materialisiert."

„Moment mal“, schaltete sich Scully ein. „Nichts materialisiert einfach so aus dem Nichts.“

„Sie haben doch die Bibel gelesen“, sagte Chuck, während er den Beutel öffnete und die Asche zwischen Daumen und Zeigefinger rieb. „Sie erinnern sich bestimmt an die Geschichte, wie Jesus Brote und Fische erschuf . . .“

„Aber das ist ein Gleichnis.“

„Ich habe 1979 gesehen, wie ein Guru namens Sai Baba ein ganzes Festmahl aus dem Nichts erschuf.“

„Zu dumm, daß Sie das nicht fotografiert haben“, sagte Scully sarkastisch. „In Ihrem Computer würde sicher das komplette letzte Abendmahl daraus.“

Mulder lachte amüsiert über den Gegenangriff. Chuck ignorierte Scully und fuhr mit seiner Erklärung fort. Sie hatte das Gefühl, daß Chuck sich nur um Mulders willen mit ihr abgab.

„Vibuti entsteht während der Gegenwart von Geistwesen, oder während einer Bilokation, einem Phänomen, bei dem die

Energie einer Person an einen anderen Ort transferiert wird."

„Durch diese Energie wurde vielleich der Garagentoröffner ausgelöst", sagte Mulder.

Scully schüttelte den Kopf. „Ja, entweder das, oder jemand hat einfach eine Fernbedienung benutzt."

„Wer, meinen Sie, könnte das getan haben?" fragte Mulder.

„Wer stand in der Einfahrt, als sich bei uns gestern unerwartet das Garagentor öffnete?"

„Die alte Dame", antwortete Mulder. Nach einer Pause fügte er hinzu: „Und Charlie."

Er und Scully wechselten einen Blick. Keiner von ihnen hatte die Möglichkeit bisher ernsthaft in Betracht gezogen, daß Charlie möglicherweise kein Opfer, sondern Täter war.

In dem Fall mochte es ihm ganz recht sein, daß der Tod seines Vaters seine Befragung zunächst verhinderte . . . eine Befragung, die so schnell wie möglich nachgeholt werden sollte.

Offenkundig war es an der Zeit, daß Mulder und Scully zu dem vom Unheil verfolgten Haus der Holveys zurückkehrten ...

Zur selben Zeit preßte der Junge, mit dem sie reden wollten, ein Ohr gegen das Schlüsselloch des Zimmers seiner Großmutter und lauschte. Sie war dort drinnen, und bei ihr waren die drei schwarz gekleideten Neuankömmlinge. Irgendwie schien es bei dieser Zusammenkunft um ihn zu gehen, und er wollte wissen, was da vor sich ging. Er *mußte* es wissen ...

In dem Zimmer waren die schweren Vorhänge zugezogen, um das Sonnenlicht auszusperren. Auch jetzt war der Raum nur von den zahlreichen Kerzen erleuchtet. Golda und die drei schwarzen Gestalten – sie hatten ihre Hüte abgenommen und rotschwarze Stolen um die Schultern gelegt – waren um den Tisch in der Mitte des Zimmers versammelt und streckten ihre Hände der Messingschale in der Mitte entgegen. Mit leisen, geheimnisvollen Stimmen rezitierten sie im Chor, Kraft und Entschlossenheit lag in ihren Worten.

“Voi ilelor – maistrelor – dusmanele omenilor – stapinele vintulu – doamnele pamintulu – de prin vazduh sburati . . .“

Der Singsang ging weiter, während einer der Männer einen toten Hahn hochhielt, aus dessen aufgeschlitzter Kehle Blut in die Schale tropfte. Die alte Frau fügte Kräuter und dunkle Flüssigkeiten aus den Fläschchen und Krügen hinzu, während die Worte des Sprechgesangs sich zu verdichten und auf die Schale zu konzentrieren schienen.

“Pe erbe lunecati – si pe valuri calcati – ve duceti in locuri – in balta tresti –“

Nun entzündete Golda ein Streichholz und ließ es brennend in die blutige Mixtur in der Schale fallen. Das Holz schwamm nicht, sondern versank sofort. Sie entzündete ein weiteres, und es versank ebenfalls. Schließlich fiel ein drittes Streichholz flammend herab und wurde auf der Stelle verschlungen.

Vor der Tür brach Charlie der Schweiß aus, und er atmete schwer. Was immer da drinnen vor sich ging, hing mit ihm zusammen und zeigte Wirkung auf ihn. Es vernebelte seinen Blick und löste ihn von sich selbst . . .

Der Singsang wurde ohne Unterlaß fortgesetzt, und Golda hob ein Fläschchen, um nur ein paar Tropfen einer seltenen, merkwürdigen Flüssigkeit hinzuzufügen. Als sie in die Schüssel fielen, begann das Gebräu plötzlich zu kochen, und eine mächtige Dampfsäule waberte empor – und in dem Dampf wurde der nackte Oberkörper eines Jungen sichtbar. Der Leib des Jungen wand sich, die Zähne waren gefletscht, die Augen voller Haß. Er sah genauso aus wie Charlie – aber es war eine Version Charlies, die von etwas unaussprechlich Bösem entstellt und verbogen war.

Der Sprechgesang wurde lauter, intensiver, als müßten die Worte das fesseln, was sich in der Dampfsäule offenbarte. Und auch die Erscheinung sprach, ihre Stimme war tiefer als die Charlies, und sie sprach Rumänisch, eine Sprache, die der Junge kaum beherrschte.

„Ihr habt keine Macht über uns. Ihr könnt uns nicht schaden!“ fauchte das Bild. Sein Zorn und seine Macht schienen die vier Menschen, die es zu bannen versuchten, wie Schläge zu treffen, als ob es allein durch Worte ihre Vernichtung herbeiführen könnte.

Unten, weit weg von dem Kampf, der in Goldas Zimmer ausgefochten wurde, klopfte jemand an die Haustür.

8

Die professionell wirkende Frau mittleren Alters hatte bereits mehrere Male an die Tür geklopft. Endlich öffnete sie sich einen Spalt, und das müde Gesicht von Maggie Holvey kam zum Vorschein. Sie trug einen grauen Morgenmantel und sah aus, als wäre sie aus einem dringend notwendigen Mittagsschlaf gerissen worden.

„Mrs. Holvey?“ sagte die Besucherin. „Mein Name ist Karen Kosseff. Ich bin Sozialpsychologin beim FBI. Ich bin angewiesen worden, einen Bericht für die gerichtliche Untersuchung zu erstellen. Darf ich hereinkommen?“

Maggie schüttelte erschöpft den Kopf. „Nein. Bitte. Ich hatte schon genug Schwierigkeiten.“

„Das verstehe ich, Mrs. Holvey“, erwiderte Ms. Kosseff ruhig. Sie sprach mit der beschwichtigenden Stimme einer professionellen Fürsorgerin. „Aber wenn Sie nicht mit mir reden wollen, werde ich das in meinem Bericht erwähnen müssen, und das könnte Ihre Situation durchaus noch komplizierter machen."

Nach kurzem Zögern gab Maggie nach und öffnete die Tür, um die Frau hereinzulassen.

Ms. Kosseff folgte ihr, sah sich in der Diele um und warf einen Blick die breite Treppe hinauf. Drinnen sah es aus wie in einem typischen Wohnhaus eines mittleren amerikanischen Regierungsbeamten mit Familie.

Dann hörte sie von irgendwo oben den kläglichen Ruf eines kleinen Jungen.

„Mami!"

„Charlie . . .?" rief Maggie, und Sorge überschattete ihr Gesicht. Dann rannte sie die Treppe empor, und Ms. Kosseff folgte ihr.

Charlie lag auf dem Flur vor Goldas Zimmertür. Er schien desorientiert und schweißüberströmt zu sein wie im Fieber.

Maggie eilte zu ihm und wiegte ihn in ihren Armen.

„Schon gut, Charlie. Es ist schon gut“, murmelte sie und streichelte ihm den Kopf. Als sie merkte, daß die Sozialarbeiterin hinter ihr stand, wandte sie sich rasch um und sagte. „Er war krank. Meine Mutter hatte versprochen, auf ihn aufzupassen . . .“

Sie unterbrach sich mitten im Satz, als sie ein feines Fähnchen Dampf oder Rauch bemerkte, das sich unter der Tür ihrer Mutter hervorkräuselte. Sie zog Charlie auf die Beine, als ob sie beide im nächsten Moment fliehen müßten, und rief: „Mutter? Mutter!“

Ohne eine Antwort abzuwarten, öffnete sie die Tür – und erblickte die drei Männer in ihren schwarzen Anzügen mit den rituellen rot-schwarzen Stolen über den Schultern; Golda neben der Messingschale; die Kerzen; den toten Hahn; alle Merkmale einer Zeremonie, von der sie in ihrer Kindheit in Rumänien gehört hatte. Die sie jedoch nie erlebt hatte . . . die sie nie hatte erleben *wollen* . . .

Die Männer bedachten sie mit warnenden Blicken. Golda wurde jedoch deutlicher. „Geh sofort hinaus!“ befahl sie auf rumänisch.

Maggie antwortete in derselben Sprache, doch sie richtete ihre Worte an die Männer. „Verlassen Sie mein Haus!“

Sie rührten sich nicht, und der Älteste, der Mann mit dem schneeweißen Bart, sagte in bestimmtem Ton: „Der Junge ist böse.“

„Hinaus!“ schrie Maggie auf Englisch, um Karen Kosseff ebenso wie den Männern ihren Standpunkt klarzumachen.

Der Älteste sah Golda an. Sie nickte. Ohne ein weiteres Wort gingen die Männer nacheinander hinaus und nahmen dabei ihre rot-schwarzen Stolen ab. Die Zeremonie, die sie begonnen hatten, war unvollendet geblieben, doch sie gingen mit der Haltung von Männern, die wußten, daß es später noch Arbeit für sie zu tun gab. Es war noch nicht zu Ende. Das Böse war noch nicht besiegt.

Maggie sah ihnen nach und wandte sich dann ihrer Mutter zu. Golda kam auf sie und den Jungen zu wie eine alte Krähe auf ein Lamm.

„Ich habe endgültig genug davon, Mutter“, verkündete Maggie mit verzweifelter Entschiedenheit. „Ich will, daß du mein Haus verläßt.“

Goldas Antwort kam schnell und unerwartet.

„Das Blut des Jungen muß gereinigt werden!“ spie sie aus, griff mit ihren knochigen Fingern nach Charlie, zerrte ihn zu sich herein und knallte die Tür zu. Erschrocken über die plötzliche Wendung, konnte Maggie nur noch gegen die Tür hämmern und schreien: „Nein, Mutter! Mutter!“

Karen Kosseff sah alles mit an, und sie sah auch den grausam geschwungenen Dolch, der auf dem Tisch lag. Die Klinge schimmerte im Kerzenlicht. Ihre professionelle Ausbildung übernahm die Regie, und sie rannte nach unten zum Telefon.

Mulder und Scully fuhren eben vor dem Haus vor. Sie waren zurückgekommen, um noch einmal mit Maggie über eine Befragung des Jungen zu reden. Als sie aus dem Wagen stiegen, eilte ihnen zu ihrer Überraschung Karen Kosseff aus dem Haus entgegen.

„Agent Scully!“ rief sie keuchend.

„Was ist los?“ fragte Scully rasch.

„Charlie Holvey. Die Großmutter hat sich mit dem Jungen in ihrem Zimmer eingeschlossen. Sie hat möglicherweise ein Messer. Ich habe die Polizei angerufen.“

„Was ist passiert?“ fragte Mulder, als sie zwischen den sauber getrimmten Hecken auf die Haustür der Holveys zutrabten.

„Es waren drei merkwürdige Männer hier“, berichtete Karen eilig; sie schien nahe daran, die Fassung zu verlieren. „Sie haben irgendein Ritual vollzogen . . .“

„Ist der Junge verletzt?“ fragte Scully.

Ihre Antwort erhielt sie von oben. Charlie schrie, er hatte offenbar große Angst, es klang wie „Nein, Großmutter!“

Mulder und Scully stürmten die Treppe hinauf und ließen Karen Kosseff hinter sich zurück.

Im Innern des Zimmers gingen auf einem Schlag alle Kerzen aus, wie ausgeblasen vom Atem eines unsichtbaren Geistes. Golda stieß einen Schrei aus und klammerte den Jungen mit einer Hand an sich, während sie mit der anderen den rituellen Dolch schwang. Mit kreisenden Bewegungen durchschnitt sie die Luft, als ob sie damit die bösartige Macht, die sich zu manifestieren begann, abwehren oder gar verletzen könnte.

Sie wußte, daß ihr nur wenige Sekunden blieben, um zu tun, was getan werden mußte. Sie packte Charlies Handgelenk, drehte seine Handfläche nach oben und hob den Dolch, die scharfe Spitze auf seine weiße Haut gerichtet. Charlie zuckte zusammen und versuchte sich, verängstigt durch die Dunkelheit und den Dolch, aus ihrem Griff zu befreien . . .

„Es ist der einzige Weg, *Mihai*“, beschwor sie ihn in ihrem gebrochenen Englisch . . . doch Charlie wand sich aus ihrem Arm und zog sich in eine Ecke des Zimmers zurück. Sie griff nach ihm, doch sie verfehlte ihn. Ehe sie noch zu einem weiteren Versuch kam, bewegte sich etwas hinter ihr. Mit hoch erhobenem Dolch wirbelte sie herum . . .

Zu spät. Ein schwerer Kerzenständer wirbelte plötzlich durch die Luft und schickte sie zu Boden.

Benommen tastete sie nach dem Dolch, doch sie fand ihn nicht. Voller Furcht kämpfte sie gegen den Schmerz an und blickte auf. Charlie stand über ihr. Seine Angst war von ihm abgefallen. Sein Gesicht hatte sich verändert, verdunkelt, und er hielt einen toten Hahn in jeder Hand – einer schwarz, einer weiß.

„Du kommst zu spät, um uns noch aufzuhalten", sagte er auf rumänisch und mit einer Stimme, die nicht seine eigene war.

Golda schrie auf, als er die Hähne nach ihr schleuderte, die plötzlich zum Leben erwachten und wild auf ihr Gesicht und ihren Hals einhackten und mit ihren scharfen Schnäbeln nach ihren Augen pickten . . .

Ihr Schrei brach erst ab, als Mulder die Tür einrammte. Mit schußbereiten Waffen sprangen er und Scully ins Zimmer, doch sie standen nur einem kleinen Jungen mit ausdruckslosen, desorientierten Augen gegenüber. Goldas Leiche lag ein wenig abseits, die toten Hähne neben ihr; Gesicht und Hals waren von Hunderten winziger Wunden übersät.

Maggie entdeckte sie. „Oh nein!“ schrie sie und eilte an ihre Seite. Scully folgte ihr langsamer.

Mulder beobachtete den Jungen. Für einen Augenblick hätte er schwören können, daß sein Gesicht sich irgendwie verändert hatte, als ob sich die Muskeln unter der Haut verschoben hätten. Aber sicher war er nicht. Vielleicht war es nur ein Spiel der Schatten in diesem seltsamen, düsteren Raum . . .

9

Goldas Zimmer sah nicht mehr so unheimlich aus, als es sich mit der geschäftigen Betriebsamkeit füllte, die heutzutage unweigerlich auf einen ungeklärten Todesfall folgt. Zwei Sanitäter verpackten den Leichnam der alten Frau in einen Leichensack und hoben ihn auf eine Bahre, zwei uniformierte Polizeibeamte suchten nach Fingerabdrücken, und ein Fotograf machte Aufnahmen vom Tatort. Es schienen Welten zwischen diesen Aktivitäten und den mittelalterlichen magischen Werkzeugen zu liegen, die auf dem Tisch verstreut lagen, den toten Hähnen und der düsteren, unheimlichen Atmosphäre, die das Zimmer noch vor kurzem erfüllt hatte . . .

Mulder hob eine alte verkrustete Flasche mit irgendwelchen Kräutern vom Boden auf und untersuchte sie. Er nahm den Verschluß ab und schnüffelte daran. Als Scully herankam, stand er auf.

„Haben Sie mit Charlie geredet?“ fragte er.

„Er sagt, er kann sich an nichts erinnern“, erwiderte Scully. „Nach dem vorläufigen Bericht des Leichenbeschauers ist die alte Frau an einem Herzanfall gestorben. Aber diese Wunden, Mulder . . . ich könnte schwören, daß ihr die Augen ausgehackt wurden.“

„Nun, auf dem Fußboden unter ihrer Leiche war wieder diese Asche, Scully. Und schauen Sie sich das hier an!“

Er zeigte ihr das Kräutergefäß, das er aus Gewohnheit mit einem Latex-Handschuh umwickelt hatte, um keine Fingerabdrücke zu verwischen.

„Was ist das?“

„Es ist Beifuß. Ich glaube, das ist ein rituelles Kraut.“

„Kann das ein Ritualmord gewesen sein?“ fragte Scully. Gewisse Elemente dieses Falles wollten nicht mehr so recht zu ihrer Münchhausen-Theorie passen.

„Nein“, sagte Mulder mit Bestimmtheit. „Das umgekehrte Hakenkreuz am Fenster, das rote Band um Charlies Handgelenk . . . das sind alles Schutzvorkehrungen.“

„Schutz wovor?“

„Keine Ahnung. Aber ich glaube, die alte Frau wußte, daß ihre Familie in Schwierigkeiten war, und diese Männer vollzogen ein Ritual, um ihr zu helfen.“

Er hielt inne, als sich von unten Maggies Stimme vernehmen ließ. Sie klang zornig und laut. Sie sprach zuerst Rumänisch, dann, mit noch mehr Nachdruck, Englisch. „Ich will Sie nicht mehr in meinem Haus sehen!“

Scully sah Mulder an, und beide gingen zur Tür. Die Polizeibeamten folgten ihnen. Es klang, als ob sich unten Ärger zusammenbraute.

Vom Treppenabsatz aus sahen sie Maggie dem Ältesten gegenüberstehen, der seinen weißen Bart vorreckte und mit kräftiger, durchdringender Stimme auf sie einredete. Zwei weitere Männer in schwarzen Anzügen standen hinter ihm und machten ebenso ernste Gesichter. Der alte Mann sprach Rumänisch und umklammerte mit einer seiner knorrigen Hände Maggies Arm, als wollte er sie von irgend etwas überzeugen.

„Es gibt noch mehr zu tun", sagte er. „Sie müssen uns die Sache zu Ende bringen lassen! Es besteht Gefahr . . ."

Maggie antwortete auf Englisch, als ob sie glaubte, durch den Gebrauch dieser Sprache die Macht des alten Mannes brechen zu können.

„Ich halte aber nicht das geringste von Ihrem Aberglauben! Und jetzt verschwinden Sie! Sofort!"

Der Älteste starrte sie an, dann bemerkte er die FBI-Agenten und die Polizisten, blickte einen Moment zu ihnen empor und sah Mulder an. Ihre Blicke trafen sich, dann wandte sich der Älteste um. Die anderen dunklen Männer gingen voraus.

„Mrs. Holvey?" fragte Scully und kam die Treppe hinab.

„Es ist schon gut", versicherte ihnen Maggie, als sie die Hüter des Gesetzes und der Ordnung zur ihrer Unterstützung herabsteigen sah.

„Wer waren diese Männer?“ fragte Mulder und sah den drei Gestalten durch die offene Tür nach, während sie zu ihrem Wagen gingen.

„Das sind die Calusari“, sagte Maggie. Es klang wie „Kaluschari“. „In Rumänien sind sie verantwortlich für den korrekten Vollzug heiliger Riten.“

„Was hat er gesagt?“

„Er sagte, es ist noch nicht vorbei“, erwiderte Maggie. Sie hielt inne und tat einen langen, tiefen Atemzug. „Das Böse ist immer noch hier.“

Mulder wechselte einen Blick mit Scully und lief rasch hinter den drei Männern – den Calusari – her.

Der Älteste, der als Wortführer der Gruppe aufgetreten war, war ihm am nächsten.

„Entschuldigen Sie! Sir!“ rief Mulder. „Kann ich Sie kurz sprechen?“

Die Calusari drehten sich nicht um, sondern setzten ihren Weg zum Wagen fort. Es war ein brauner Kombi, der nicht recht zu diesen Priestern – oder Zauberern – zu passen schien.

„Sir, ich bin vom FBI“, fuhr Mulder beharrlich fort, während die anderen beiden Männer bereits in den Wagen stiegen und der Älteste die Hand nach dem Türgriff ausstreckte. „Ich würde Ihnen gern ein paar Frage stellen. Sie haben versucht, diese Familie zu schützen, nicht wahr? Und Sie haben gesagt, das Böse sei immer noch hier . . .“

Der Älteste öffnete die Tür, ohne auf ihn zu achten.

„Sir, ich kann Sie auch festnehmen, wenn ich muß“, warnte ihn Mulder. Das ließ den Ältesten endlich innehalten. Er drehte sich zu Mulder um und funkelte ihn unter der Krempe seines schwarzen Hutes hervor an.

„Das Böse, das hier ist, hat es schon immer gegeben. Man hat ihm im Lauf der Geschichte verschiedene Namen gegeben. Kain. Luzifer. Hitler. Es schert sich nicht darum, ob es einen Jungen oder eine Million

Menschen umbringt.“ Der alte Mann hielt kurz inne und sagte dann mit Nachdruck: „Wenn Sie versuchen, uns aufzuhalten ... wird das Blut an *Ihren* Händen kleben.“

Damit stieg der Älteste in den Wagen und schloß die Tür. Der Kombi fädelte sich in die Straße ein und beschleunigte allmählich. Mulder sah ihm nach und prägte sich das Nummernschild ein. Vielleicht würde er sich noch einmal mit den Calusari unterhalten müssen, um mehr über dieses „Böse“ in Erfahrung zu bringen, das es auf die Holveys abgesehen hatte.

Doch zuerst mußte er weitere Informationen von Maggie bekommen.

Das Wohnzimmer der Holveys war ein Schrein zum Gedenken an bessere Tage. Auf dem Kaminsims standen Familienfotos aufgereiht. Steve und eine schwangere Maggie lächelten fröhlich in die Kamera. Vergangenheit. Nur Maggie war übriggeblieben und stand, das Gesicht wie versteinert, vor den Zeugen glücklicher Tage. Mann, Sohn und Mutter. Alle waren sie tot.

„Mrs. Holvey“, begann Mulder vorsichtig, „wir wissen, daß dies eine schwere Zeit für Sie ist, aber es gibt ein paar Fragen, auf die wir eine Antwort brauchen.“

„Meine Mutter sagte immer, daß Böses dem Bösen folgt“, sagte Maggie, die ihm gar nicht richtig zugehört hatte. Sie redete einfach ins Leere. „Wenn einer einmal ein Unglück erleidet, dann verfolgt ihn das Pech. Ich habe das immer für Aberglauben gehalten. Jetzt weiß ich nicht mehr, was ich glauben soll.“

Erst jetzt schien sie Mulder und Scully wirklich zu bemerken.

„Ich habe ihr die Schuld gegeben, wissen Sie. An allem, was passiert ist. Ich dachte, sie hätte uns vielleicht mit einem Fluch belegt, um mich zu bestrafen.“

„Um Sie wofür zu bestrafen?“ fragte Scully.

„Dafür, daß ich mich von den alten Sitten abgewandt habe. Ich wurde dazu erzogen, an dieselben Dinge zu glauben wie sie – an Geister und an die unsichtbare Welt. Doch als ich Steve heiratete und in dieses Land kam, ließ ich das alles hinter mir."

„Wissen Sie, was für ein Ritual Ihre Mutter dort oben durchzuführen versuchte?" fragte Mulder.

„Sie versuchte, dieses Haus vom Bösen zu reinigen", sagte Maggie mit geistesabwesender, hohler Stimme. „Sie dachte, Charlie wäre irgendwie verantwortlich . . ."

Plötzlich brach ihre Stimme, und ihr Gesicht verzerrte sich.

„Aber wie könnte er für all dieses Grauen verantwortlich sein? Er ist doch nur ein kleiner Junge."

Scully sah Mulder an. Offenkundig dachten beide dasselbe. Irgendwie stand Charlie im Mittelpunkt all dieser Vorgänge . . .

„Ich glaube, wir sollten uns mit Charlie darüber unterhalten, was im Zimmer seiner Großmutter geschehen ist", sagte Scully.

Das war kein Vorschlag. Dafür war schon zuviel geschehen. Trotzdem rang Maggie nach der Kraft, nein zu sagen, ihren Sohn vor dieser Befragung, diesem

Eindringen in sein Innerstes zu schützen. Aber sie hatte keine Kraft mehr. Sie war zu müde, zu erschüttert von den Ereignissen der letzten Tage.

Also nickte sie nur.

10

Charlie war ins St. Matthew's Medical Center in Arlington, Virginia, gebracht worden, vordergründig zur Beobachtung nach seinem Anfall – oder was immer es war. Der eigentliche Grund jedoch war, ihn durch die Sozialpsychologin Karen Kosseff befragen zu lassen.

Sie war jetzt bei ihm im Spielzimmer des Krankenhauses, das angefüllt war mit Spielzeug und allem, was Kindern Spaß macht. Charlie saß auf einem Kissen neben einem Schaukelstuhl in Form eines Fisches. Er spielte mit einem Zeichengerät herum, ohne wirklich etwas zu malen.

Mulder, Scully und Maggie Holvey beobachteten ihn vom Nebenzimmer aus durch einen Einwegspiegel. Scully stand dicht neben Maggie, um zu verhindern, daß sie die Befragung unterbrach, bevor sie herausgefunden hatten, was sie wissen mußten. Die Stimmen von Charlie und Karen waren leicht knisternd durch einen Lautsprecher zu hören.

„Möchtest du mir davon erzählen?“ fragte Karen.

Charlie schüttelte den Kopf, ohne seinen Blick von dem Zeichengerät abzuwenden.

„Erinnerst du dich, wie du in das Zimmer deiner Großmutter hineingekommen bist?“ hakte Karen nach.

„Nein“, sagte Charlie nach einer langen Pause. Noch immer mied er ihren Blick.

„Deine Mutter hat gesagt, du seist dort gewesen. Kannst du dich nicht erinnern?“

Charlie legte das Zeichengerät beiseite und ging hinüber zu einem Haufen Spielzeug. Karen folgte ihm.

„Ich war nicht da!“ protestierte Charlie plötzlich.

„Aber viele Leute haben dich in dem Zimmer gesehen“, fuhr Karen geduldig fort.

„Ich war das aber nicht!“ schrie Charlie plötzlich und trat nach dem Spielzeug.

„Wer war es dann, Charlie?“ fragte Karen, immer noch geduldig und freundlich. „Wer war in dem Zimmer."

Charlies Atmung wurde schneller. Seine Brust hob und senkte sich.

„Nein!"

„War da noch jemand anderes in dem Zimmer?"

„Nein! Ich habe ihr nicht weh getan!" schrie Charlie keuchend. Er stand kurz vor einem Wutausbruch.

„Charlie, wer hat deiner Großmutter dann weh getan?"

„Er war es", schluchzte Charlie und wich vor der Sozialarbeiterin zurück, als könnte er etwas sehen, das für sie unsichtbar war.

„Wer, Charlie? Wer?" fragte Karen drängend.

„Es war Michael! Michael!" schrie der Junge und brach zusammen.

Nebenan schnappte Maggie nach Luft, wandte sich jäh von den Agenten ab und schlug die Hände vors Gesicht, als wollte sie nicht wahrhaben, was Charlie gerade gesagt hatte.

„Mrs. Holvey?“ sagte Scully behutsam.

„Wir haben es ihm nie gesagt“, flüsterte Maggie. „Darüber waren wir uns einig. Es war unser Geheimnis.“

„Was für ein Geheimnis, Mrs. Holvey? Wovon reden Sie?“ fragte Mulder.

„Michael. Er war Charlies Zwillingsbruder. Er war . . . eine Totgeburt. Steven und ich waren uns einig, Charlie nie von ihm zu erzählen.“

Das überraschte selbst Mulder. Er tauschte einen raschen Blick mit Scully aus; Maggie schien in diesem Moment zu einer schrecklichen Erkenntnis zu gelangen.

„Meine Mutter wollte ein ganz bestimmtes Ritual durchführen, als sie von Michaels Tod hörte . . . um ihre Seelen voneinander zu trennen. Sie sagte, wenn wir das nicht täten, würde die Welt der Toten Charlie verfolgen . . .“

Sie sah Scully und Mulder an, als hoffte sie, von ihnen eine Bestätigung für ihre nächsten Worte zu erhalten.

„Aber das war nur ein Aberglaube . . .“

„Hilfe! Ich brauche Hilfe . . .!“

Karen Kosseffs Ruf unterbrach den Augenblick gemeinsam empfundenen Grauens. Durch den Einwegspiegel sahen sie, wie sich Charlie vor Schmerzen am Boden krümmte. Karen versuchte ihn festzuhalten.

„Er hat irgendeine Art Anfall!“ rief sie, als Maggie und Scully hereinstürmten.

„Legen Sie ihn auf die Seite!“ befahl Scully, während Maggie den Jungen zu beruhigen versuchte.

„Charlie, es wird alles gut.“

Mulder verharrte gedankenverloren hinter dem Einwegspiegel. Michael und der Glaube der alte Frau hatten alles in ein neues . . . unbehagliches . . . Licht gerückt. Drei Menschen waren bereits gestorben. Er wollte nicht, daß es noch mehr wurden.

Scully und Mulder trafen sich wenig später auf dem Korridor vor Charlie Holveys Krankenzimmer. Außerhalb der hell erleuchteten, antiseptischen Flure des Krankenhauses war die Nacht hereingebrochen, aber es bestand noch keine Aussicht, nach Hause zu gehen. Sie besprachen sich auf dem Weg zur Kaffeemaschine im Foyer.

„Wie geht es Charlie?“ fragte Mulder.

„Er ruht sich aus. Was ist mit Mrs. Holvey?“

„Ich staune, daß sie nicht völlig zusammengebrochen ist“, erwiderte Mulder. „Sie ist im Warteraum und versucht, etwas Schlaf zu bekommen.“

„Die Ärzte sagen, daß Charlie irgendeine Art von Anfall hatte, aber die Ursache haben sie nicht feststellen können.“

Mulder nickte. Er hatte das sichere Gefühl, daß ihnen eine lange Nacht bevorstand; eine jener Nächte, in denen man die Rückkehr der Sonne kaum erwarten kann, des Tageslichts, das die Ängste verbannt, die in der Dunkelheit aufsteigen . . .

Charlie schlief halb, als die Schwester hereinkam, um ihm eine Spritze zu geben. Er fuhr zusammen, als sie seinen Arm berührte.

„Tut mir leid, Charlie“, sagte sie beschwichtigend. „Ich wollte dich nicht erschrecken. Ich bin Schwester Castor."

Charlie starrte sie an, als sie ein Alkoholfläschchen öffnete und nach seinem Arm griff.

„Charlie, ich gebe dir jetzt eine kleine Spritze, damit du besser schlafen kannst."

„Ich will aber keine Spritze", sagte Charlie entrüstet.

„Aber das muß nun mal sein, wenn du deine Medizin ausspuckst", erklärte Schwester Castor und desinfizierte eine Stelle an seinem Arm. „Dann müssen wir sie dir eben auf andere Weise geben. Ich verspreche dir, daß es nicht weh tun wird."

„Nein!" protestierte Charlie.

Schwester Castor machte die Spritze fertig und hielt den Arm des Jungen fest. Er wand sich wie ein Aal und versuchte sich ihrem Griff zu entziehen.

„Nein! Tu es nicht! Tu es nicht!" schrie Charlie – aber er meinte nicht die Schwester. Er sah an ihr vorbei in die Dunkelheit hinter der Tür, die sich jetzt aufhellte. Irgendein Licht erschien dort, und etwas nahm langsam Gestalt an: ein Junge, Charlies genaues Ebenbild – nur daß ihm das Böse ins Gesicht geschrieben stand. Der verstorbene Zwillingsbruder. Michael.

Er trat einen Schritt vor, dann noch einen . . .

„Charlie, ich möchte, daß du dich jetzt benimmst“, wies die Schwester ihren kleinen Patienten streng zurecht und ignorierte Charlies Anstrengungen, sich loszureißen. Sie konnte nicht sehen, was er sah.

Michael nahm eine Metallstange von einem Ständer und hob sie hoch in die Luft und näherte sich der Schwester . . .

„Nein, Michael! Nicht!“ schrie Charlie, und endlich drehte sich Schwester Castor um – genau in dem Augenblick, als die Metallstange auf ihren Kopf niedersauste. In ihrer Überraschung blieb ihr kaum Zeit, ihre Hände zu heben und nach Luft für einen Schrei zu schnappen, den sie nicht mehr ausstoßen konnte. Im nächsten Augenblick schlug ihr Körper auf dem Boden auf, und die Spritze rollte unter das Bett.

11

Maggie lag zusammengerollt auf der Couch im Warteraum. Irgendwie hatte sie es geschafft einzuschlafen, obwohl über den Lautsprecher ständig Rufe nach Ärzten und Schwestern laut wurden, die bei den üblichen Notfällen und besonderen Vorkommnissen in einem nächtlichen Krankenhaus benötigt wurden.

Als jemand an ihrem Arm zupfte, wachte sie benommen auf. Es war Charlie. Er war angezogen und schien völlig in Ordnung zu sein.

„Ich will jetzt nach Hause", sagte er ohne Umschweife.

„Charlie?" entgegnete sie ein wenig verwirrt. „Du bist ja auf? Und wieso bist du angezogen?"

„Sie haben gesagt, daß ich jetzt nach Hause darf."

„Wer hat das gesagt?" fragte Maggie.

„Die Ärzte", behauptete Charlie. „Sie haben gesagt, ich darf gehen."

Immer noch benommen und ein wenig argwöhnisch, musterte Maggie sein Gesicht. Er schien wirklich in Ordnung zu sein. Aber seltsam war es schon . . .

„Na schön", sagte sie zögernd. „Dann laß uns deine Jacke holen. Und wir reden noch einmal mit den Ärzten."

„Nein, Mami!" widersprach Charlie und zog an ihr. „Laß uns einfach nur nach Hause fahren."

Maggie spürte eine kalte Furcht, als er sie berührte, doch sie zwang sich, sie zu ignorieren. Sie war seine Mutter. Charlie brauchte sie. Sie unterdrückte das tiefe, instinktive Gefühl, daß etwas ganz und gar nicht stimmte, und nahm seine Hand. „Na gut, Charlie. Dann fahren wir jetzt sofort los."

Der große Treppenabsatz oberhalb der Eingangshalle war ein guter Platz, um alles im Auge zu behalten. Scully stand dort und dachte über ihre nächsten Schritte nach, während Mulder hinunterging, um sich noch einen Becher Kaffee aus dem Automaten zu holen. Die Münchhausen-Theorie lag in Scherben, aber es mußte eine andere rationale Erklärung geben.

Müde ließ Scully ihren Blick durchs Fenster über den Parkplatz wandern. Dann sah sie etwas, das schlagartig ihr Interesse weckte. Als Mulder sie gebannt aus dem Fenster starren sah, vergaß er, an seinem Kaffee zu nippen, und kam die Treppe herauf.

„Was gibt's denn da zu sehen?“ fragte er.

„Ist das nicht Mrs. Holvey?“ fragte Scully. Unten, am Rande des im Dunkel liegenden Parkplatzes, ging eine Frau rasch auf ihren Wagen zu, an der Hand einen kleinen Jungen. Der Wagen, neben dem sie stehenblieben, gehörte Maggie, dessen war Scully sich sicher.

Mulder brauchte nicht noch mehr zu sehen. Er ließ seinen Kaffee auf dem Fenstersims stehen und sprang die Stufen zur Station hinauf. Scully blieb ihm dicht auf den Fersen.

Unter der Tür zu Charlies Krankenzimmer blieben sie abrupt stehen. Charlie lag in seinem Bett. Er sah krank aus und atmete nur schwach. Aber er war offenkundig dort, wo er hingehörte.

Scully sah Mulder verwirrt an. Sie war sicher, Maggie und Charlie gesehen zu haben. Es war eindeutig ihr Wagen gewesen . . .

Ein schwaches Stöhnen von der anderen Seite des Bettes unterbrach ihre Gedanken. Dort lag eine Schwester, die aus einer Wunde an der Stirn blutete. Scully warf einen kurzen Blick auf sie, eilte zur Tür und rief: „Schwester!“

Mulder bückte sich zu der Schwester hinab.

„Sind Sie okay?“

„Er hat mich geschlagen“, stammelte Schwester Castor, immer noch überrascht und verwirrt, und betrachtete das Blut an ihrer Hand, mit der sie ihre Stirn betastet hatte.

„Wer? Charlie?“ fragte Scully.

„Nein. Nicht er“, erwiderte die Schwester. „Da waren zwei. Zwei Jungen.“

Eine Schwester kam herein, und Mulder und Scully traten zurück, um ihr Platz zu machen. Mulder reagierte als erster auf das, was Schwester Castor gesagt hatte.

„Sie müssen sofort zu Mrs. Holveys Haus“, sagte er drängend und manövrierte Scully am Ellbogen hinaus auf den Flur und zum Lift.

„Warum?“ fragte Scully verdutzt.

„Der Junge, mit dem sie eben weggefahren ist, war nicht Charlie.“

Scully sah in ungläubig an.

„Soll das heißen, das Mrs. Holvey mit einem Geist weggefahren ist?“

„Gespenst oder Geist, das spielt keine Rolle“, sagte Mulder und drückte ungeduldig auf den Knopf neben der Lifttür. „Aber es ist das, was wir auf dem Foto gesehen haben und wovor die alte Frau die Familie schützen wollte.“

„Aber Mulder . . .“ fing Scully an, um einen letzten Versuch zu machen, eine seriöse wissenschaftliche Erklärung aufzubieten. Doch bevor sie auch nur über eine solche Erklärung nachdenken konnte, ertönte die Glocke des Aufzugs, und Mulder schob sie hinein.

„Was immer es ist, es hat drei Menschen umgebracht, Scully. Sie müssen zu Mrs. Holvey, bevor wieder ein Mord geschieht."

„Und was werden Sie jetzt tun?" fragte Scully unsicher. Sie hatte das Gefühl, daß sie wieder einmal von Mulder überrumpelt wurde und ihr gesunder Menschenverstand gegenüber seinem glühenden Glauben das Nachsehen hatte.

„Ich hole Hilfe", sagte Mulder, während sich die Tür des Aufzugs schloß.

12

Maggie häufte mit erzwungener Gelassenheit die Spaghetti auf den Teller. Ihr ganzer Körper war angespannt von dem Gedanken ... dem Verdacht ... der in ihr wuchs. Charlie ... sie mußte glauben, daß es Charlie war ... saß an seinem gewohnten Platz am Ende des Küchentisches. Gleichgültig, schweigsam. Aber sie spürte, wie er sie beobachtete, spürte seinen durchdringenden Blick im Rücken.

Sie brachte den Teller hinüber und stellte ihn vor Charlie auf den Tisch, ohne ihm in die Augen zu sehen.

„Laß es dir schmecken, Charlie."

„Willst du denn nichts essen, Mami?" fragte Charlie. Seine Stimme klang beinahe normal, aber es war ein kaum merklicher Unterton darin. Ein Anflug von finsterer Belustigung, als ob er sie ködern wollte. Oder bildete sie sich das nur ein?

„Nein, Liebling. Ich habe keinen Hunger."

Hätte sie doch nur auf ihre Mutter gehört; den alten Ritualen mehr Aufmerksamkeit geschenkt. Sie erinnerte sich nur noch an die einfachsten Bräuche. Aber das würde ausreichen, um herauszufinden, ob . . . ob Charlie vielleicht nicht Charlie war . . . sondern etwas anderes.

Sie zwang sich zur Ruhe, ging langsam zu der Küchenschublade hinüber, in der sie alle möglichen Kleinigkeiten aufbewahrte, und kramte darin herum. Es bereitete ihr Mühe, sich nicht umzusehen, aber sie durfte ihre Furcht nicht zeigen gegenüber . . . gegenüber dem, was immer da mit ihr in der Küche saß.

„Können wir morgen in den Vergnügungspark gehen?" fragte der Junge. Seine Stimme klang jetzt fast hämisch, er schien sich an ihrem Unbehagen zu weiden. An ihrer Furcht.

Maggie unterdrückte einen Schauder und schloß ihre Finger um die Streichholzschachtel, nach der sie gesucht hatte.

„Ja. Sicher“, erwiderte sie mit gekünstelter Fröhlichkeit.

„Kriege ich auch . . . einen Ballon?“

„Hm“, antwortete sie, unfähig, ein Wort herauszubringen.

„Und können wir auch mit dem Zug fahren . . . Mami?“

Es kostete sie all ihre Kraft, daraufhin nicht loszuschreien, aber sie schluckte den Schrei herunter und umklammerte die Streichholzschachtel mit ihrer Faust. Sie schaffte es sogar, zu lächeln, als sie an ihm vorbeiging.

„Jetzt iß erst einmal auf! Mami ist gleich wieder da, ja?“

Sie sah sich nicht um.

Charlie dagegen ließ sie nicht aus den Augen, drehte den Kopf und sah ihr nach. Sein Mund zuckte ein wenig, als würde er etwas schmecken, obwohl er sein Essen nicht angerührt hatte.

Maggie zitterte am ganzen Leib, als sie das Zimmer ihrer Mutter betrat und die Kerzen zu beiden Seiten der Messingschale anzündete. Es war immer noch etwas Flüssigkeit darin.

Sie riß sich zusammen und sprach das kurze Gebet, das sie vor langer Zeit in Rumänien gelernt hatte. Sie sprach es auf rumänisch und übersetzte es im Kopf unwillkürlich ins Englische. Als sie nach Amerika gekommen war, war es zunächst umgekehrt gewesen.

„Gesegnetes Wasser, das aus den heiligen Flüssen quillt. Kläre meinen Blick, damit ich das Böse erkenne!“

Während sie sprach, entzündete sie ein Streichholz, das sie in die Schale warf, rasch gefolgt von zwei weiteren.

„Bitte, Gott. Laß es nicht wahr sein!“

Die Streichhölzer erloschen zischend in der Flüssigkeit und schwammen dann an der Oberfläche. Einen Augenblick lang spürte Maggie, wie Erleichterung sie durchströmte.

Dann sank das erste Streichholz ein, und dann das zweite. Schließlich verschwand auch das dritte spurlos.

Hinter ihr öffnete sich langsam die Tür,

und ein kalter Lufthauch drang aus der Tiefe des Hauses in das Zimmer.

„Was machst du da, Mami?“ fragte das Ding, von dem sie jetzt wußte, daß es nicht Charlie war. Es war der Geist des toten Michael, der sich mit dem Bösen vermählt hatte; der Mörder fast ihrer ganzen Familie.

Sie konnte es kaum ertragen, dieses Wesen anzusehen, das die Gestalt ihres geliebten Sohnes angenommen hatte. Jetzt, da sie Bescheid wußte, sah es Charlie jedoch nicht mehr so ähnlich.

Als ob das Wesen um ihre Gedanken wußte, zuckten seine Mundwinkel spöttisch, und ein unirdischer Wind zerzauste sein Haar.

Instinktiv griff sie nach Goldas Messer und hielt es vor sich ausgestreckt. Lange vergessene Worte kamen ihr ins Gedächtnis, und sie rezitierte sie mit zitternder Stimme.

„*Voi eilelor, maiestrelor, dusmanele oamenilor . . . Stapinele vintului . . .*“

Sie wollte stark sein, doch tief in ihrem Herzen sank ihr der Mut, denn sie wußte, daß sie weder die Macht noch das Wissen hatte, um gegen diese uralte Macht des Bösen lange zu bestehen . . .

Mulder wartete im Flur des Krankenhauses vor Charlies Zimmer auf die Calusari. Diesmal kamen sie zu viert, angeführt von dem Ältesten. Sie gingen zielstrebig auf ihn zu und traten ohne Umschweife in das Zimmer. Im Vorbeigehen sagte der Älteste zu Mulder: „Bewachen Sie die Tür!"

Drinnen stellten sie rasch rings um das Bett Kerzen auf und plazierten eine Anzahl kleiner Gefäße auf dem Nachttisch. Dann knöpfte einer von ihnen Charlies Schlafanzugjacke auf, um seine nackte Brust freizulegen.

Der Junge schlief und schien nichts von den Mächten, die sich um ihn scharten, und von der bevorstehenden Auseinandersetzung zu spüren.

Im Haus der Holveys war es vollkommen dunkel. Scully betätigte den Schalter neben der Eingangstür, als sie eintrat, aber nichts rührte sich.

„Mrs. Holvey?“ rief sie.

Es kam keine Antwort. Scully schaltete ihre Taschenlampe ein, richtete den Strahl vor sich und ging vorsichtig weiter.

Plötzlich hörte sie von oben einen dumpfen, schweren Schlag – als ob dort jemand Möbel verrückte. Scully richtete den Lichtstrahl die Treppe empor. Wer immer ... *was* immer dieses Geräusch verursacht hatte, war dort oben. Oben in Goldas Zimmer. Wo die alte Dame vor ein paar Stunden den Tod gefunden hatte.

Scully ging vorsichtig die Treppe hinauf. Die Sache gefiel ihr gar nicht. Maggies Wagen stand vor dem Haus, also mußten sie und Charlie hier irgendwo sein ...

13

Die Calusari begannen ihren Sprechgesang und erfüllten das Zimmer mit ihren leisen, volltönenden Stimmen, ein nicht abreißender Geräuschpegel. Die Kerzen flackerten und warfen wahnwitzige Schatten an die Wände. Mulder stand, unsicher, wie er sich nützlich machen könnte, neben der Tür. Für den Augenblick schien es das beste zu sein, wenn er sich aus der Sache raushielt.

Der Älteste der Calusari stellte eine Schale auf den Nachttisch. Er führte den Sprechgesang an, die anderen folgten seinen Worten. Ein anderer Calusari streute glitzernde Steinsalzkristalle über die Brust des Jungen. Als sie seine nackte Haut berührten, fuhr er zischend hoch. Seine offenen Augen sahen nicht aus wie die eines gewöhnlichen Jungen.

Der Älteste nahm das erste seiner Gefäße und streute ein pulverisiertes Kraut in die Schüssel, während er in seinem Singsang fortfuhr.

"Voi ielelor, maistrelor – dusmanele oamenilor . . ."

Das Wasser zischte und brodelte, als das Pulver einsank, und auch Charlie zischte – ein langgezogenes „Sssssssss" voller Haß und Galle.

Der Älteste fügte dem Wasser Beifuß hinzu, und wieder zischte es. Charlie stöhnte. Es klang seltsam verzerrt, als ob das Geräusch aus vielen Richtungen gleichzeitig käme.

"Stapinele vintului – doamnele pamintului – ce prin vazduh sbrurati . . ."

Charlies Stöhnen wurde lauter, und es hörte sich immer weniger kindlich an. Er riß die Augen weiter auf und fletschte die Zähne wie ein wildes Tier. Als er auf rumänisch zu sprechen begann, klang seine Stimme überhaupt nicht wie die eines kleinen Jungen.

„Ihr habt hier keine Macht!" drohte der Geist in ihm.

Die Calusari ignorierten die Stimme. Sie

hielten ihn mit Mühe an Armen und Kopf fest, der Schweiß tropfte ihnen von Händen und Stirn. Tierische Knurrlaute kamen tief aus Charlies Leib, schreckliche Geräusche wie von nagenden Bestien . . .

Der Älteste streute ein rotes Pulver in die Schüssel, und das Wasser nahm eine tief blutrote Farbe an. Als sich die Farbe verteilte, schrie Charlie, sein Körper bäumte sich, trotz der kräftigen Hände, die ihn niederhielten, auf.

„Das könnt ihr nicht tun!“ spie und heulte er. „Ihr werdet durch eure eigenen Werkzeuge umkommen!“

Mulder zuckte zusammen. Er verstand nicht, was gesagt wurde, und auch nicht viel von dem, was vor sich ging, aber sein Instinkt sagte ihm, daß er sich einschalten sollte. Der Älteste sah ihn an und winkte ihn heran, um Hand anzulegen. Er deutete auf die wild strampelnden Beine des Jungen. Selbst drei erwachsene Männer konnten ihn jetzt nicht mehr niederhalten. Das Böse in ihm war stärker als seine körperliche Gestalt.

Mulder ergriff zögernd Charlies Knöchel . . . und als er aufsah, traf ihn ein Blick, der nichts Menschliches hatte. Es sah ihn, und ein tiefes Knurren stieg in seine Kehle, als ob es plötzlich Beute gewittert hätte.

„Schauen Sie nicht hin!“ rief der Älteste drängend. „Schauen Sie nicht hin! Sonst wird es Sie wiedererkennen!“

Mulder riß seinen Blick los und fixierte die Wand. Er fühlte sich ausgelaugt, geschwächt von der kurzen Konfrontation. Es dauerte eine Sekunde, ehe er bemerkte, daß die Wände mit einer gold-braunen Flüssigkeit bedeckt waren, die zäh wie Honig herabtropfte. Sie war überall; es schien, als würde das Zimmer schwitzen.

Als der Älteste einen langen rituellen Dolch zückte, sah Mulder wieder hin. Die Klinge ähnelte der, die er bei Golda gesehen hatte, doch sie war größer und reicher verziert und hatte anscheinend einen Griff aus poliertem Gold. Der alte Mann schwang den Dolch und beugte sich über die Hand des Jungen, die ein anderer der Calusari ihm entgegenhielt.

Als die Klinge herabsank, erbebte das Bett und erhob sich vom Boden. Charlie wand sich noch wilder in den Händen der Männer, das Stöhnen und Knurren vervielfachte, verzerrte sich und war für menschliche Ohren immer schwerer zu hören und immer schwerer zu ertragen . . .

Scully schob die Tür zu Goldas Zimmer auf und trat leise ein. Sofort erhob sich ein seltsamer Wind, Papiere wurden an ihr vorbeigewirbelt, die Fenster klapperten, und das Buntglas-Hakenkreuz wackelte, als ob es sich losreißen wollte.

Sie hörte eine Stimme – Maggies Stimme –, doch sie konnte im Schein der Taschenlampe niemanden im Zimmer entdekken. Scully folgte den Lauten und ging weiter hinein. Der Lichtkegel wanderte über die umgestürzten Möbel und Gegenstände, die überall verstreut lagen.

Schließlich richtete sie den Lampenstrahl an die Decke – und dort sah sie Maggie. Irgendeine unsichtbare Kraft hielt sie gegen die Zimmerdecke gedrückt. Sie hatte die Augen geschlossen, und ihre Lippen flüsterten immer noch verzweifelt einen abwehrenden Sprechgesang . . .

“Voi ielelor, maiestrelor – dusmanele camenilor – stapinele vintului – doamnele . . .“

Scully ging entgeistert näher heran – und in einer Ecke des Zimmers regte sich behende ein Schatten, ganz am Rande ihres Gesichtsfeldes. Sie drehte sich danach um, doch er war nicht mehr zu sehen. Dann huschte er auf der anderen Seite vorbei. Der Schatten eines Jungen . . .

„Charlie?!“

Was immer es war, antwortete durch Maggies Lippen. Fremdartig und grauenhaft verzerrt drang die Jungenstimme irgendwo tief aus dem Körper der wehrlosen Frau.

„Mami?“

Wieder bewegte sich der Schatten, und Scully drehte sich zu den Fenstern um – die plötzlich mitsamt dem Buntglas-Hakenkreuz nach Innen barsten und einen Scherbenhagel auf Scullys schützend erhobene Arme niedergehen ließen.

Gleich darauf bewegte sich etwas hinter ihr; Scully wirbelte herum und griff nach ihrer Pistole – doch eine unsichtbare Macht hob sie vom Boden auf und schleuderte sie quer durch den Raum.

Sie kam unglücklich auf, und ihre Taschenlampe entglitt ihr. Keine Pistole konnte ihr jetzt helfen. Nichts konnte ihr mehr helfen, falls nicht Mulder die Hilfe beschaffen konnte, die er versprochen hatte . . .

14

Das Bett hatte sich jetzt mindestens dreißig Zentimeter hoch erhoben, und Charlie sah immer weniger menschlich aus. Sein Bauch war gespannt, aufgebläht wie ein Ballon – als ob etwas aus seinem Körper ausbrechen wollte.

Wieder sprach er mit entstellter Stimme, doch die Calusari konnten ihn verstehen. Für Mulder waren die rumänischen Worte bedeutungslos, doch er hörte den Haß und die Drohungen darin, und ihre Wucht ließ ihm das Blut gefrieren.

„Ich werde nachts zu euch kommen. Ihr könnt mir nicht entrinnen."

Der Älteste ignorierte ihn und ließ den Dolch weiter herabsinken. Dann zog er die scharfe Klinge mit großer Anstrengung über die offene Handfläche des Jungen und fing sein Blut in einer kleinen, irdenen Schale auf.

„Das tut weh!" rief Charlie plötzlich mit seiner vertrauten Jungenstimme.

Erschrocken ließ Mulder die Beine des Jungen los, verunsichert, ob sie fortfahren sollten. Keiner der Calusari rührte sich, doch der Älteste fuhr Mulder an: „Nicht loslassen! Er täuscht Sie nur!“

Gehorsam packte Mulder wieder fest zu. Er bewegte sich hier in unbekannten Gewässern, aber er war klug genug, das zu wissen. Ihm blieb keine Wahl, als sein Vertrauen in die Calusari zu setzen. Nicht nur sein eigenes Leben hing davon ab, sondern auch Scullys, wo immer sie war, und das Maggie Holveys . . .

Befriedigt wandte der Älteste sich wieder seiner Aufgabe zu und goß das aufgefangene Blut in die größere Schale. Dann griff er nach einer weißen Hahnenfeder, tauchte sie in das blutige, brodelnde Gemisch und malte das umgekehrte Hakenkreuz wie mit einem Pinsel auf die sich aufbäumende, aufgeblähte Brust des Jungen.

Eine Sekunde lang war Scully vom Schmerz so benommen, daß sie nicht wußte, wo sie war. Sie schien irgendwo am Boden zu liegen . . . dann hörte sie Maggie, die immer noch an der Decke hing und ihren Sprechgesang fortsetzte.

Da fiel ihr wieder alles ein. Das Haus der Holveys. Der tote Zwilling . . . der in diesem Augenblick aus der Dunkelheit auftauchte, ein Dämon in der Gestalt eines Jungen. Er hielt Goldas Dolch mit beiden Händen hoch über den Kopf erhoben und kam auf sie zu, um ihr den Todesstoß zu versetzen, und es gab nichts, nichts, das sie tun konnte, außer in einer letzten instinktiven, nutzlosen Geste ihren Arm zu heben . . .

Viele Stimmen brachen jetzt aus Charlie hervor, schreiende und drohende, heulende und stöhnende Stimmen. Schmerz und Zorn, Furcht und Haß vermengten sich zu einer grauenhaften Kakophonie . . . es mußte zuviel sein für den kleinen Körper des Jungen. Zuviel Böses, Böses, das immer noch kämpfte.

Dann zeichnete der Älteste der Calusari den letzten der vier Punkte zwischen die

Speichen des Hakenkreuzes, und all die Stimmen vereinten sich zu einem letzten, wahnsinnigen Schrei; in der gleichen Sekunde stürzte das Bett zurück auf den Boden.

Der Sprechgesang der Calusari verstummte. Charlies Bauch nahm wieder seine normale Form an, und der Junge verdrehte einen Moment lang die Augen, bevor er sie erschöpft schloß und in einen tiefen, natürlichen Schlaf fiel.

Mulder ließ seine Füße los und wich zurück.

Es war vorbei.

Das Messer sauste herab, und das verzerrte, bösartige Gesicht des Jungen war das letzte, was Scully, wie sie glaubte, in ihrem Leben sehen würde. Dann war er plötzlich weg, und der Dolch fiel klirrend zu Boden. Maggie glitt an der Wand herab und brach auf dem Boden zusammen.

Scully eilte zu ihr.

„Sind Sie in Ordnung?“

Maggie sah Scully an, und sie kosteten

gemeinsam den Augenblick der Rettung aus, von dem sie geglaubt hatten, er würde nicht mehr kommen. Dann sagte sie: „Charlie . . .?“

Eine Frage lag in ihrem Tonfall, eine Frage, die Scully nicht verstand, bis sie das kleine Häuflein Asche mitten im Zimmer auf dem Boden liegen sah. Waren jetzt beide Jungen tot? Der eine, der es schon immer hätte sein sollen – und der arme Charlie?

Im Krankenhaus beobachtete Mulder den Jungen. Auch der Älteste sah auf ihn herab.

„Lassen wir den Jungen ausruhen“, sagte er. „Wir müssen seine Mutter finden. Er braucht sie jetzt.“

Wie zur Antwort kamen Scully und Maggie durch die Tür. Mulder starrte sie erschöpft an, er war froh, daß seiner Partnerin nichts passiert zu sein schien. Trotzdem fragte er: „Scully, alles in Ordnung?“

„Wir sind okay“, antwortete Scully. „Wie geht es Charlie?“

„Mein Sohn?“ fragte Maggie, als sie ihn auf dem Bett liegen sah. „Charlie! Es ist alles gut!“

Die Erleichterung war ihr anzusehen, als sie an Charlies Bett eilte und seine Hand nahm. Mulder und Scully sahen zu, bis der Älteste der Calusari sie hinaus auf den Flur winkte.

„Es ist vorbei, jedenfalls vorerst“, sagte er zu Mulder. Sein weises Gesicht drückte eine tiefe Sorge aus. „Aber Sie müssen vorsichtig sein. Es kennt Sie.“

Mulder nickte. Er würde sich an das erinnern, was in dieser Nacht geschehen war. Und an die Warnung.

Selbst wenn niemand sonst diese X-Akte lesen würde, er würde sich erinnern.

Aufgezeichnete Anmerkung zur X-Akte „Heilige Asche“ von Special Agent Fox Mulder

Der merkwürdige Fall von Charlie Holvey und den Todesfällen, die sich während seiner Besessenheit durch eine dunkle, bösartige Macht ereignet haben, ist ungelöst. Der Junge, der nächsten Monat seinen zehnten Geburtstag feiern wird, bleibt unter den wachsamen Augen seiner Mutter. Und obwohl ich ihn für unschuldig an den Verbrechen halte, beunruhigen mich die Warnungen der Calusari: Sie sagen, daß weder Unschuld noch Wachsamkeit Schutz bieten gegen die Macht des Bösen.

DIE WAHRHEIT IST IRGENDWO DORT DRAUSSEN....™
AKTE X™
Das Magazin
Die Comics
Ab sofort im Zeitschriftenhandel!
Spannende Folgen aus der ersten Staffel zum Nachlesen!
ÜBERALL WO ES BÜCHER GIBT!

MOVIESTAR
MAILORDER
SHOP
DIE INTERNATIONALE MAILORDER
WIR FÜHREN ALLES ÜBER:
HORROR
FANTASY
SCIENCE FICTION
WIE ZUM BEISPIEL:
BÜCHER
VIDEO'S
ZEITSCHRIFTEN
BAUSÄTZE
USW. USW. USW.
KATALOG GEGEN 5,- DM ANFORDERN
(MIT AUSLIEFERUNG IN ÖSTERREICH)
MEDIEN P & W GMBH •SHOP• WIEHENWEG 14 • 32479 HILLE
TEL: VON 8:00 - 16:00 UHR = 05703/95904
TEL: VON 18:00 - 21:00 UHR = 02065/65213
FAX: 24 STUNDEN = 05703/95906

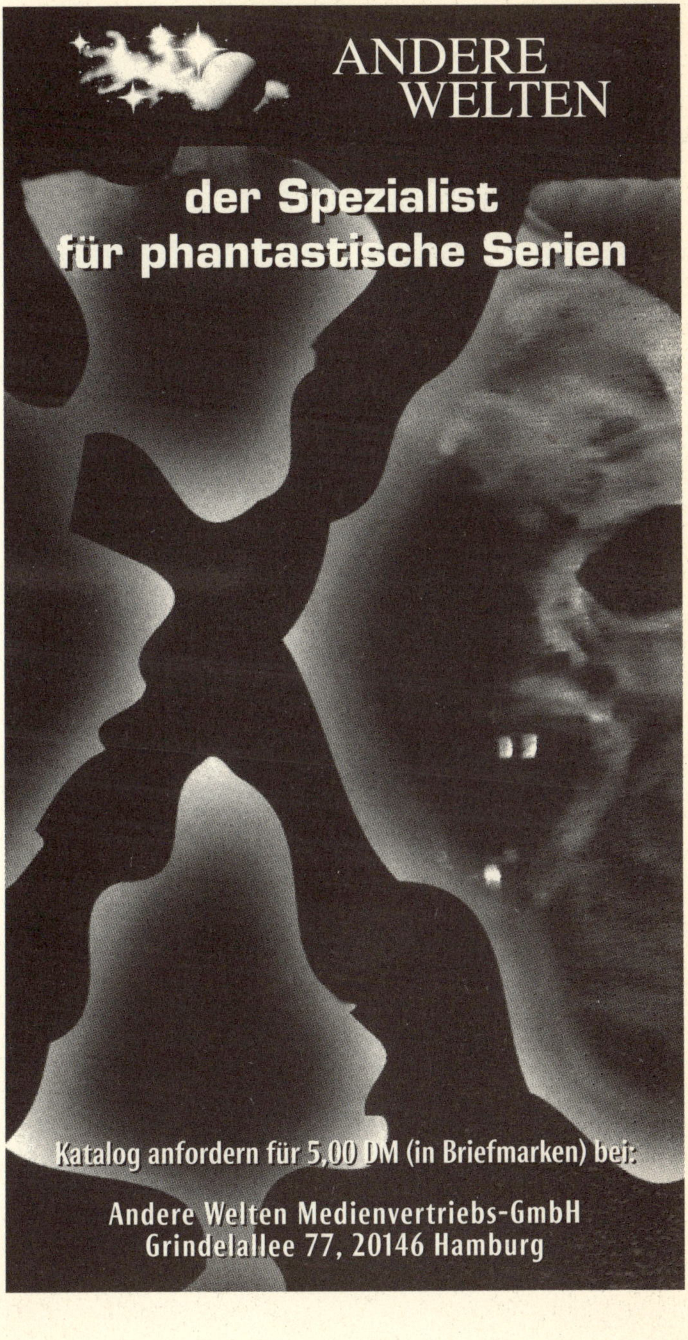
ANDERE
WELTEN
der Spezialist
für phantastische Serien
Katalog anfordern für 5,00 DM (in Briefmarken) bei:
Andere Welten Medienvertriebs-GmbH
Grindelallee 77, 20146 Hamburg